LA GALERIE DV PALAIS, OV L'AMIE RIVALLE

Comedie.

A PARIS,
Chez AVGVSTIN COVRBE', Imprimeur & Libraire de Monseigneur frere du Roy, dans la petite Salle du Palais, à la Palme.

M. DC. XXXVII.

AVEC PRIVILEGE DV ROY.

A MADAME DE LIANCOVR.

MADAME,

Ie vous demande pardon, si ie vous fais vn mauuais present, non pas que j'aye si mauuaise opinion de cette Piece, que je veuille condamner les applaudissements qu'elle a reçeus : mais parce que ie ne croiray jamais qu'vn ouurage de cette nature soit digne de vous estre presenté. Aussi vous supplieray-je *tres-humblement de ne prendre pas tant garde à la qualité de la chose, qu'au pouuoir de celuy dont elle part; C'est tout ce que vous peut offrir vn homme de ma sorte, & Dieu ne m'ayant pas fait naistre assez considerable pour estre vtile à vostre seruice, ie me tiendray trop recompensé d'ailleurs, si ie puis contribuer en quelque façon à vos diuertissements. De six Comedies qui me sont eschappées, si celle-cy n'est la meilleure c'est la plus heureuse, & toutefois la plus malheureuse en ce point, que n'ayant pas eu l'honneur d'estre veuë de vous il luy manque vostre approbation, sans laquelle sa gloire est encor douteuse, & n'ose s'asseurer sur les acclamations publiques. Elle vous la vient demander,* MADAME, *auec cette protection qu'autrefois Melite a trouuée si fauorable. I'espere que vostre bonté ne luy refusera pas l'vne & l'autre, ou que si vous desapprouuez sa conduite, du moins vous agréerez mon zele & me permettrez de me dire toute ma vie,*

MADAME,

Vostre tres-humble, tres-obeïssant & tres-obligé seruiteur,
CORNEILLE.

PRIVILEGE DV ROY.

LOVIS PAR LA GRACE DE DIEV ROY DE FRANCE ET DE NAVARRE, A nos amez & feaux Conseillers les Gens tenans nos Cours de Parlement, Maistres des Requestes ordinaires de nostre Hostel, Baillifs, Seneschaux, Preuots, leurs Lieutenans, & à tous autres nos Iusticiers & Officiers qu'il appartiendra, Salut. Nostre bien amé Augustin Courbé, Libraire à Paris, nous a fait remonstrer qu'il a recouuré vn manuscrit contenant trois Comedies; Sçauoir *La Galerie du Palais, ou l'Amie Riualle, La Place Royalle, ou l'Amoureux Extrauagant, & la Suiuante; Et vne Tragi-Comedie intitulée, Le Cid. Composées par Monsieur Corneille*, lequel Manuscrit il desireroit imprimer s'il auoit sur ce nos Lettres necessaires, lesquelles il nous a tres-humblement supplié de luy accorder. A CES CAVSES, nous auons permis, & permettons à l'exposant d'imprimer ou faire imprimer, vendre & debiter en tous les lieux de nostre obeïssance, en vn, ou plusieurs volumes, lesdites Comedies & Tragi-Comedie, en telles marges, & caracteres, & autant de fois qu'il voudra, durant l'espace de vingt ans entiers & accomplis, à compter du iour que chacune sera acheuée d'imprimer pour la premiere fois, & faisons tres expresses deffenses à toutes personnes de quelque qualité & condition qu'elles soient de les imprimer, faire imprimer, vendre, ny distribuer conjointement ou separément en aucun endroit de ce Royaume durant ledit temps, sous pretexte d'augmentation, correction, changement de tiltres, ou autrement, en quelque sorte & maniere que ce soit, à peine de quinze cens liures d'amende, payables sans deport par chacun des contreuenans, & applicables vn tiers à Nous, vn tiers à l'Hostel-Dieu de Paris, & l'autre tiers à l'exposant, de confiscation des exemplaires contrefaits, & de tous despens, dommages & interests: A condition qu'il en sera mis deux exemplaires de chacune en nostre Bibliotheque publicque, & vn en celle de nostre tres cher & feal le sieur Seguier, Cheualier, Chancelier de France, auant que de les exposer en vente, à peine de nullité des presentes; du contenu desquelles, Nous vous mandons que vous faſſiez iouïr pleinement & paiſiblement l'expoſant & ceux qui auront droit de luy, ſans qu'il leur ſoit fait aucun trouble ou empeſchement. VOULONS auſſi qu'en mettant au commencement ou à la fin de chaque volume vn bref extrait des preſentes elles ſoient tenües pour ſignifiées, & que foy y ſoit adjouſtée, & aux copies d'icelles, collationnées par l'vn de nos amez & feaux Conſeillers, & Secretaires, comme à l'original. MANDONS auſſi au premier noſtre Huiſſier ou Sergent ſur ce requis de faire pour l'execution des preſentes tous exploits neceſſaires ſans demander autre permiſſion. CAR TEL EST NOSTRE PLAISIR, nonobſtant oppoſitions ou appellations quelconques, & ſans prejudice d'icelles, Clameur de Haro, Chartre Normande, & autres lettres à ce contraires. DONNÉ à Paris le vingtvnieſme iour de Ianuier l'an de grace mil ſix cens trente ſept, Et de noſtre regne le vingt ſeptieſme.

Par le Roy en ſon Conſeil,

Signé, CONRART.

Acheué d'imprimer ce 20. Feurier 1637.

Les Exemplaires ont eſté fournis ainſi qu'il eſt porté par le Priuilege.

Et ledit Courbé a aſſocié auec luy audit Priuilege, François Targa, ſuiuant le contract paſſé entr'eux pardeuant les Notaires du Chaſtelet de Paris.

ACTEVRS.

PLEIRANTE, Pere de Celidee.

LISANDRE, Amant de Celidee.

DORIMANT, Amoureux d'Hippolite.

CRISANTE, Mere d'Hippolite.

CELIDEE, Fille de Pleirante.

HIPPOLITE, Fille de Criſante.

ARONTE, Eſcuyer de Liſandre.

CLEANTE, Eſcuyer de Dorimant.

FLORICE, Suiuante d'Hippolite.

LE LIBRAIRE, du Palais.

LE MERCIER, du Palais.

LA LINGERE, du Palais.

LA SCENE EST A PARIS.

LA GALERIE DV PALAIS, OV L'AMIE RIVALE.

COMEDIE.

ACTE PREMIER.

SCENE PREMIERE.

ARONTE, FLORICE.

ARONTE.

MAIS puisque ie ne peux, que veux-tu que i'y face?
Pour tout autre ſujet mon Maiſtre n'eſt que glace,
Elle eſt trop dans ſon cœur; on ne l'en peut chaſſer,
Et c'eſt folie à nous que de plus y penſer.

I'ay beau deuant les yeux luy remettre Hyppolite,
Parler de ses attraits, esleuer son merite,
Sa grace, son esprit, sa naissance, son bien,
Ie n'auance non plus, qu'en ne luy disant rien;
L'amour dont mal-gré moy son ame est possedée,
Fait qu'il en voit autant, ou plus en Celidée.

FLORICE.

Ne quittons pas pourtant, à la longue on fait tout,
La gloire suit la peine, esperons iusqu'au bout;
Ie veux que Celidée ait charmé son courage,
L'amour le plus parfait n'est pas vn mariage,
Fort souuent moins que rien cause vn grand change-
ment,
Et les occasions naissent en vn moment.

ARONTE.

Ie les prendray tousiours quand ie les verray naistre.

FLORICE.

Hyppolite en ce cas le sçaura recognoistre.

ARONTE.

Tout ce que i'en pretens, n'est qu'vn entier secret.
Adieu, ie vay trouuer Celidée à regret.

FLORICE.

De la part de ton Maistre?

ARONTE.

Ouy.

FLORICE.

Si i'ay bonne veuë,
La voila que son pere amene vers la ruë,
Aronte, esloigne toy, nous iourons mieux nos ieux,
S'ils ne se doutent point que nous parlions nous deux.

SCENE DEVXIESME.

PLEIRANTE, CELIDEE.

PLEIRANTE.

Ne pense plus, ma fille, à me cacher ta flame,
N'en conçoy point de honte, & n'en crain poin de blâme,
Le sujet qui l'allume a des perfections,
Dignes de posseder tes inclinations,
Et pour mieux te monstrer le fonds de mon courage,
I'aime autant son esprit, que tu fais son visage,
Confesse donc, ma fille, & croy qu'vn si beau feu
Veut estre mieux traitté que par vn desadueu.

CELIDEE.

Monsieur, il est tout vray, son ardeur legitime
A tant gaigné sur moy, que i'en fay de l'estime,
I'honore son merite, & n'ay pû m'empescher
De prendre du plaisir à m'en voir rechercher,

I'aime son entretien, ie cheris sa presence,
Mais cela n'est aussi qu'vn peu de complaisance,
Qu'vn mouuement leger qui passe en moins d'vn iour,
Vos seuls commandemens produiront mon amour,
Et vostre volonté de la mienne suiuie...

PLEIRANTE.

Fauorisant ses vœux seconde ton enuie.
Aime, aime ton Lysandre, & puisque ie consens,
Et que ie t'authorise à ces feux innocens,
Donne luy hardiment vne entiere asseurance
Qu'vn mariage heureux suiura son esperance,
Engage luy ta foy. Mais i'apperçoy venir
Quelqu'vn qui de sa part te vient entretenir,
Ma fille, Adieu, les yeux d'vn homme de mon âge
Peut-estre empescheroient la moitié du message.

CELIDEE.

Il ne vient rien de luy qu'il faille vous celer.

PLEIRANTE.

Mais tu seras sans moy plus libre à luy parler,
Et ta ciuilité sans doute vn peu forcée
Me fait vn compliment qui trahit ta pensée.

SCENE TROISIESME.

CELIDEE, ARONTE.

CELIDEE.

QVE fait ton Maistre, Aronte?

ARONTE.

Il m'enuoye auiourd'huy
Voir ce que sa Maistresse a resolu de luy,
Et comment vous voulez qu'il passe la iournée.

CELIDEE.

Ie seray chez Daphnis toute l'apres-disnée,
Et s'il m'aime, ie croy que nous l'y pourrons voir:
Autrement

ARONTE.

Ne pensez qu'à l'y bien receuoir.

CELIDEE.

S'il y manque, il verra sa paresse punie,
Nous y deuons disner fort bonne compagnie,
I'y mene du quartier, Hyppolite & Cloris.

ARONTE.

Elles & vous dehors, il n'est rien dans Paris,
Et ie n'en sçache point, pour belles qu'on les nomme,
Qui puissent attirer les yeux d'vn honneste homme.

CELIDEE.

Ie ne suis pas d'humeur bien propre à t'escouter;
Ie veux des gens mieux faits que toy pour me flater;
Sans que ton bel esprit tasche plus d'y paroistre;
Mesle toy de porter mon message à ton Maistre.

ARONTE seul.

Quelle superbe humeur! quel arrogant maintien!
Si mon Maistre me croit, vous ne tenez plus rien,
Il changera d'obiet, ou i'y perdray ma peine,
Son amour aussi bien ne vous rend que trop vaine.

SCENE QVATRIESME.

LA LINGERE, LE LIBRAIRE DV PALAIS.

LA LINGERE.

Vous avez fort la presse à ce Liure nouueau,
C'est pour vous faire riche.

LE LIBRAIRE.

On le trouue assez beau,
Et c'est pour mon profit le meilleur qui se voye,
Mais vous, que vous vendez de ces toiles de soye!

LA LINGERE.

De vray, bien que d'abord on en vendist fort peu,
A present Dieu nous aime, on y court comme au feu,
Ie n'en sçaurois fournir autant qu'on m'en demande,
Elle sied mieux aussi que celle de Hollande,
Descouure moins le fard dont vn visage est peint,
Et moins blanche elle donne vn plus grand lustre au teint;

Ie

Ie perds bien à gaigner de ce que ma boutique
Pour estre trop estroitte empesche ma pratique,
A peine y puis-je auoir deux chalands à la fois,
Ie veux changer de place auant qu'il soit vn mois,
I'aime mieux en payer le double, & dauantage
Et voir ma marchandise en plus bel estallage.

LE LIBRAIRE.

Vous auez bien raison, mais à ce que i'entends....
Monsieur, vous plaist-il voir quelques liures du temps?

SCENE CINQVIESME.

DORIMANT, CLEANTE, LE LIBRAIRE.

DORIMANT.

MOnstrez m'en quelques vns,

LE LIBRAIRE.

Voicy ceux de la mode.

DORIMANT.

Ostez moy cét Autheur, son nom seul m'incommode,

C'est vn impertinent, ou ie n'y cognois rien.

LE LIBRAIRE.

Ses œuures toutefois se vendent assez bien.

DORIMANT.

Quantité d'ignorants ne songent qu'à la rime.

CLEANTE.

Monsieur, en voicy deux dont on fait grande estime,
Considerez ce trait, on le trouue diuin.

DORIMANT.

Il n'est que mal traduit du Caualier Marin,
Sa veine au demeurant me semble assez hardie.

LE LIBRAIRE.

Ce fut son coup d'essay que ceste Comedie.

DORIMANT.

Cela n'est pas tant mal pour vn commencement,
La plus part de ses vers coulent fort doucement,
Qu'il a de mignardise à descrire vn visage!

SCENE SIXIESME.

HYPPOLITE, FLORICE, DORIMANT, CLEANTE, LE LIBRAIRE, LA LINGERE.

HYPPOLITE.

Madame, monstrez nous quelques collets d'ouurage.

LA LINGERE.

Ie vous en vay monstrer de toutes les façons.

DORIMANT AV LIBRAIRE.

Cecy vaut mieux le voir que toutes vos chansons.

LA LINGERE, ouurant vne boëte.

Voila du point d'esprit, de Genes, & d'Espagne.

HYPPOLITE.

Cecy n'est gueres bon qu'à des gens de campagne.

LA LINGERE.

Voyez bien, s'il en est deux pareils dans Paris,
Ie veux perdre la boëte.

FLORICE.

On est fort souuent pris
A ces sortes de points, si l'on n'a quelque fille
Qui sçache à tous moments y repasser l'aiguille,
En moins de trois sauons rien n'y tient presque plus.

HYPPOLITE.

Cestuy-cy qu'en dis-tu?

FLORICE.

L'ouurage en est confus,
Bien que l'inuention de prés soit assez belle,
Voila bien vostre fait, n'estoit que la dentelle
Est fort mal assortie auec le passement,
Cét autre n'a de beau que le couronnement.

LA LINGERE.

Si vous pouuez auoir trois iours de patience,
Il m'en vient, mais qui sont dans la mesme excellence.

FLORICE.

Il vaudroit mieux attendre,

HYPPOLITE.

Et bien nous attendrons,
Dites nous au plus tard quel iour nous reuiendrons.

LA LINGERE.

Mercredy i'en attens de certaines nouuelles,
Cependant vous faut-il quelques autres dentelles?

HYPPOLITE.

I'en ay ce qu'il m'en faut pour ma prouision.

LE LIBRAIRE à qui Dorimant auoit parlé à l'oreille, tandis qu'Hyppolite voyoit des ouurages.

I'en vay subtilement prendre l'occasion.
La cognois tu voisine?

LA LINGERE.

Ouy, quelque peu de veuë,
Quand au reste elle m'est tout à fait incognuë.
Ce Caualier sans doute y trouue plus d'appas
Que dans tous vos Autheurs.

Icy Do[illegible]

CLEANTE.

Ie n'y manqueray pas.

DORIMANT.

Il s'en retourne sur la boutique du Libraire, & prend Voiture.

Si tu ne me vois là ie seray dans la sale.
Ie cognois celuy-cy, sa veine est fort égale,
Il ne fait point de vers qu'on ne trouue charmans:
Mais on ne parle plus qu'on face de Romans,
I'ay veu que nostre peuple en estoit idolatre.

LE LIBRAIRE.

La mode est à present des pieces de Theatre.

DORIMANT.

De vray chacun s'en picque, & tel y met la main
Qui n'eut iamais l'esprit d'aiuster vn quatrain.

SCENE SEPTIESME.

LISANDRE, DORIMANT, LE LIBRAIRE, LE MERCIER.

LISANDRE.

IE te prens sur le liure,

DORIMANT.

Et bien qu'en veux-tu dire?
Tant d'excellents esprits qui se meslent d'escrire,
Valent bien qu'on leur donne vne heure de loisir.

LISANDRE.

Y trouues tu tousiours vne heure de plaisir?
Beaucoup font bien des vers, mais peu la Comedie.

DORIMANT.

Ton goust, ie m'en asseure, est pour la Normandie?

LISANDRE.

Sans rien specifier peu meritent le voir,
Beaucoup dont l'entreprise excede le pouuoir.

Veulent parler d'Amour ſans aucune pratique.

DORIMANT.

On n'y ſçait guere alors que la vieille rubrique,
Faute de le cognoiſtre, on l'habille en fureur,
Et loing d'en faire enuie, on nous en fait horreur;
Luy ſeul de ſes effets a droit de nous inſtruire,
Noſtre plume à luy ſeul doit ſe laiſſer conduire,
Pour en bien diſcourir, il faut l'auoir bien fait,
Vn bon Poëte ne vient que d'vn Amant parfait.

LISANDRE.

Il n'en faut point douter, l'Amour a des tendreſſes
Que nous n'apprenōs point qu'auprés de nos maiſtreſſes,
Tant de ſorte d'appas, de doux ſaiſiſſemens,
D'agreables langueurs, & de rauiſſemens,
Iuſques où d'vn bel œil peut s'eſtendre l'Empire,
Et mille autres ſecrets que l'on ne ſçauroit dire,
Quoy que tous nos rimeurs en mettent par eſcrit
Ne ſe ſceurent iamais par vn effort d'eſprit,
Et ie n'ay iamais veu de ceruelles bien faites
Qui traitaſſent l'Amour à la façon des Poëtes:
C'eſt tout vn autre ieu, le ſtile d'vn Sonnet
Eſt fort extrauagant dedans vn cabinet,
Il y faut bien louer la beauté qu'on adore
Sans meſpriſer Venus, ſans meſdire de Flore,
Sans que l'eſclat des lis des roſes, d'vn beau iour
Ait rien à deſmeſler auec noſtre amour,

O pau-

O pauure Comedie, obiet de tant de veines,
Si tu n'és qu'vn portrait des actions humaines,
On te tire souuent sur vn original,
A qui pour dire vray tu ressembles fort mal.

DORIMANT.

Laissons la Muse en paix, de grace, à la pareille,
Chacun fait ce qu'il peut, & ce n'est pas merueille
Si comme auec bon droit on perd bien vn procés,
Souuent vn bon ouurage à de foibles succés:
Le iugement de l'homme, ou plustost son caprice,
Pour quantité d'esprits n'a que de l'iniustice,
I'en admire beaucoup dont on fait peu d'estat,
Leurs fautes tout au pis ne sont pas coups d'Estat,
La plus grande est tousiours de peu de consequence.

LE LIBRAIRE.

Vous plaist-il point de voir des pieces d'eloquence?

LISANDRE, ayant regardé le tiltre d'vn liure que le Libraire luy presente.

I'en leus hier la moitié, mais son vol est si haut
Que presque à tous moments ie me trouue en défaut.

DORIMANT.

Voicy quelques Autheurs dont i'aime l'industrie.
Mettez ces trois à part, mon Maistre, ie vous prie,

Tantost vn de mes gens vous les viendra payer.

LISANDRE, se retirant auec Dorimant d'auprés les boutiques.

Le reste du matin où veux-tu l'employer?

LE MERCIER.

Voyez deça, Messieurs, vous plaist-il rien du nostre?
Voyez, ie vous feray meilleur marché qu'vn autre,
Des gands, des baudriers, des rubans, des Castors.

SCENE HVICTIESME.

DORIMANT, LISANDRE.

DORIMANT.

IE ne sçaurois encore te suiure si tu sors,
Faisons vn tour de salle attendant mon Cleante.

LISANDRE.

Qui te retient icy?

DORIMANT.

L'histoire en est plaisante.
Tantost comme i'estois dans le liure occupé,
Tout proche on est venu choisir du point coupé.

LISANDRE.

Qui?

DORIMANT.

C'est la question, mais s'il faut s'en remettre
A ce qu'à mes regards, son masque a peu permettre,
Ie n'ay rien veu d'esgal, mon Cleante la suit,
Et ne reuiendra point qu'il ne soit bien instruit
Quelle est sa qualité, son nom, & sa demeure.

LISANDRE.

Amy, le cœur t'en dit.

DORIMANT.

Nullement, ou ie meure,
Voyant ie ne sçay quoy de rare en sa beauté,
I'ay voulu contenter ma curiosité.

LISANDRE.

Ta curiosité deuiendra bien tost flame,
C'est par là que l'Amour se glisse dans vn ame:

A la premiere veuë vn sujet qui nous plaist
Ne forme qu'vn desir de sçauoir quel il est,
Le sçachant on en veut apprendre dauantage,
Voir si son entretien respond a son visage,
S'il est ciuil ou rude, importun ou charmeur,
Esprouuer son esprit, cognoistre son humeur.
De là cét examen se tourne en complaisance,
On cherche si souuent le bien de sa presence
Qu'on en fait habitude, & qu'au point d'en sortir
Quelque regret commence à se faire sentir;
On reuient tout résueur, & nostre ame blessée,
Sans prendre garde à rien, cajole sa pensée,
Ayant resvé le iour, la nuict à tous propos
On sent ie ne sçay quoy qui trouble le repos;
On souffre doucement l'illusion des songes,
Nostre esprit qui s'en flatte adore leurs mensonges;
Sans y trouuer encor que des biens imparfaits,
Qui le font aspirer aux solides effets:
Là consiste à son gré le bon-heur de sa vie,
Et le moindre larcin permis à son enuie
Arreste le larron, & le met dans les fers.

DORIMANT.

Ainsi tu fus espris de celle que tu sers?

LISANDRE.

C'est vn autre discours, à present ie ne touche
Qu'aux ruses de l'Amour contre vn esprit farouche,

Qu'il faut appriuoiser comme insensiblement,
Et contre ses froideurs combatre finement:
Des naturels plus doux.

SCENE NEVFIESME.

DORIMANT, LISANDRE, CLEANTE.

DORIMANT.

Et bien elle s'appelle?

CLEANTE.

Ne m'informes de rien qui touche ceste belle,
Trois poltrons rencontrez, vers le milieu du pont
Chacun l'espée au poing, m'ont voulu faire affront,
Et sans quelques amis qui m'ont tiré de peine
Contr'eux ma resistance eust peut-estre esté vaine,
Ils ont tourné le dos me voyant secouru,
Mais ce que ie suiuois tandis est disparu.

DORIMANT.

Les traistres! trois contr'vn t'attaquer! te surprendre!
Quels impudents vers moy s'osent ainsi mesprendre?

CLEANTE.

Ie ne cognois qu'vn d'eux, & c'est là le retour
De cent coups de baston qu'il receut l'autre iour,
Lors que m'ayant tenu quelques propos d'yurogne
Nous eusmes prise ensemble à l'Hostel de Bourgogne.

DORIMANT.

Qu'on le trouue où qu'il soit, qu'vne gresle de bois
Assemble sur luy seul le chastiment des trois,
Et que soubs l'estriuiere il puisse en fin cognoistre
Quand on se prend aux miens qu'on s'attaque à leur Maistre.

LISANDRE.

I'ayme à te voir ainsi descharger ton couroux:
Mais voudrois tu parler franchement entre nous?

DORIMANT.

Quoy? tu doutes encore de ma iuste colere!

LISANDRE.

En ce qui le regarde elle n'est que legere,
En vain pour son sujet tu fais l'interessé,
Il a paré des coups dont ton cœur est blessé,
Cét accident fascheux te vole une Maistresse,
Confesse ingenument, c'est là ce qui te presse.

DORIMANT.

Pourquoy te confesser ce que tu vois assez?
Au point de se former mes desseins renuersez:
Et mon desir trompé poussent dans ces contraintes
Soubs de faux mouuemens de veritables plaintes.

LISANDRE.

Ce desir, à vray dire, est vn amour naissant,
Qui ne sçait ou se prendre, & demeure impuissant,
Il s'esgare & se perd dans cette incertitude,
Et renaissant tousiours de ton inquietude,
Il te monstre vn obiet d'autant plus souhaité,
Que plus sa cognoissance a de difficulté:
C'est par là que ton feu dauantage s'allume,
Car moins on le cognoist, & plus on en presume,
Nostre ardeur curieuse en augmente le prix.

DORIMANT.

Que tu sçais, cher amy, lire dans les esprits!

Et que pour bien iuger d'vne secrette flame
Tu penetres auant dans les ressorts d'vne ame!

LISANDRE.

Ce n'est pas encore tout, ie te veux secourir.

DORIMANT.

O! que ie ne suis pas en estat de guerir!
L'Amour vse sur moy de trop de tyrannie.

LISANDRE.

Souffre que ie te mene en vne compagnie
Où l'obiet de mes vœus m'a donné rendez-vous,
Les diuertissemens t'y sembleront si doux,
Ton ame en vn moment en sera si charmée,
Que tous ses desplaisirs dissipez en fumée
On gaignera sur toy fort aisément ce point,
D'oublier vn sujet que tu ne cognois point.
Mais garde toy sur tout d'vne ieune voisine,
Que ma Maistresse y mene, elle est, & belle, & fine,
Et sçait si dextrement mesnager ses attraits,
Qu'il n'est pas bien aisé d'en euiter les traits.

DORIMANT.

Au hazard, fais de moy tout ce que bon te semble.

LISANDRE.

Donc en attendant l'heure allons disner ensemble.

SCE-

SCENE DIXIESME.

HYPPOLITE, FLORICE.

HYPPOLITE.

TV me railles tousiours.

FLORICE.

S'il ne vous veut du bien
Dites asseurément que ie n'y cognois rien,
Ie le considerois tantost chez ce Libraire,
Ses regards de sur vous ne pouuoient se distraire,
Et son maintien estoit dans vne esmotion
Qui m'instruisoit assez de son affection,
Il vouloit vous parler, & n'osoit l'entreprendre.

HYPPOLITE.

Toy, ne me parle point, ou parle de Lysandre,
C'est le seul dont la veuë excita mon ardeur.

FLORICE.

Et le seul qui pour vous n'a que de la froideur,

Celidée est son ame, & tout autre visage
N'a point d'assez beaux traits pour toucher son courage,
Son brasier est trop grand, rien ne peut l'amortir,
En vain son Escuyer tasche à l'en diuertir,
En vain iusques aux Cieux portant vostre loüange
Il tasche à luy ietter quelque amorce du change,
Et luy dit iusques là que dans vostre entretien
Vous tesmoignez souuent de luy vouloir du bien,
Tout cela n'est qu'autant de paroles perduës.

HYPPOLITE.

Faute d'estre possib'e assez bien entenduës.

FLORICE.

Ne le presumés pas, il faut auoir recours
A de plus hauts secrets qu'à ces foibles discours,
Ie fus fine autrefois, & depuis mon veufuage
Ma ruse chaque iour s'est accreuë auec l'aage,
Ie me cognois en monde, & sçay mille ressorts
Pour desbaucher vne ame, & broüiller des accords.

HYPPOLITE.

Et de grace, dy viste.

FLORICE.

A present l'heure presse,
Et ie ne vous sçaurois donner qu'vn mot d'adresse.

Cette voisine & vous... Mais desja la voicy.

SCENE DERNIERE.

CELIDEE, HYPPOLITE, FLORICE.

CELIDEE.

A Force de tarder tu m'as mise en soucy,
Il est tẽps, & Daphnis par vn page me mande,
Que pour faire seruir on n'attend que ma bande,
Le carosse est tout prest, allons veux-tu venir?

HYPPOLITE.

Lysandre aprés-disner t'y vient entretenir?

CELIDEE.

S'il osoit y manquer, ie te donne promesse
Qu'il pourroit bien ailleurs chercher vne Maistresse.

FIN DV PREMIER ACTE.

ACTE II.

SCENE PREMIERE.

HYPPOLITE, DORIMANT.

HYPPOLITE.

Ne me contes point tant que mon visage est beau,
Ces discours n'ont pour moy rien du tout de nouueau,
Ie le sçay bien sans vous, & i'ay cét auantage,
Quelques perfections qui soient sur mon visage,
Que ie suis la premiere à m'en apperceuoir:
Pour me galantiser il ne faut qu'vn miroir,
I'y vois en vn moment tout ce que vous me dites.

DORIMANT.

Mais bien la moindre part de nos rares merites;
Cét esprit tout diuin, & ce doux entretien,
Ont des charmes puissants dont il ne monstre rien.

HYPPOLITE.

Vous les monstrez assez par cette apres-disnée,
Qu'à causer auec moy vous vous estes donnée,
Si mon discours n'auoit quelque charme caché,
Il ne vous tiendroit pas si long-temps attaché,
Ie vous iuge plus sage, & plus aymer vostre aise
Que d'y tarder ainsi sans que rien vous y plaise:
Et presumer d'ailleurs qu'il vous pleust sans raison!
Ie me ferois moy mesme vn peu de trahison,
Et par ce trait badin qui sentiroit l'enfance
Vostre beau iugement receuroit trop d'offence:
Ie suis vn peu timide, & qui me veut loüer,
Ie ne l'ose iamais en rien desauoüer.

DORIMANT.

Aussi certes aussi n'auez-vous pas à craindre
Qu'on puisse en vous loüant, ny vous flatter, ny feindre,
On voit vn tel esclat en vos diuins appas
Qu'on ne peut l'exprimer, ny ne l'adorer pas.

HYPPOLITE.

Ny ne l'adorer pas! par là vous voulez dire?

DORIMANT.

Que mon cœur desormais vit dessouz vostre empire,

Et que tous mes desseins de viure en liberté
N'ont rien eu d'assez fort contre vostre beauté.

HYPPOLITE.

Quoy? mes perfections vous donnent dans la veuë?

DORIMANT.

Les rares qualitez dont vous estes pourueuë,
Vous ostent tout sujet de vous en estonner.

HYPPOLITE.

Cessez aussi, Monsieur, de vous l'imaginer,
Veu que si vous m'aymez ce ne sont pas merueilles,
I'ay de pareils discours chaque iour aux oreilles,
Et tous les gens d'esprit en font autant que vous.

DORIMANT.

En amour toutefois ie les surpasse tous,
Ie n'ay point consulté pour vous donner mon ame,
Vostre premier aspect sceut allumer ma flame,
Et ie sentis mon cœur par vn secret pouuoir
Aussi prompt à brusler que mes yeux à vous voir.

HYPPOLITE.

Cognoistre ainsi d'abord combien ie suis aymable,
Encore qu'à vostre aduis il soit inexprimable!

Ce grand, & prompt effet m'asseure puissamment
De la viuacité de vostre iugement:
Pour moy que la nature a faite vn peu grossiere,
Mon esprit qui n'a pas cette viue lumiere
Conduit trop pesamment toutes ses fonctions,
Pour m'aduertir si tost de vos perfections,
Ie voy bien que vos feux meritent recompense,
Mais de les seconder ce defaut me dispense.

DORIMANT.

Railleuse.

HYPPOLITE.

Excusez moy, ie parle tout de bon.

DORIMANT.

Le temps de cét orgueil me fera la raison,
Et nous verrons vn iour à force de seruices,
Adoucir vos rigueurs, & finir mes supplices.

SCENE SECONDE.

DORIMANT, LISANDRE, HYPPOLITE, FLORICE.

HYPPOLITE.

Lisandre entre sur le Theatre sortãt de chez Celidée, & passe sãs s'arrester en donnant seulement vn coup de chapeau à Dorimãt & Hyppolite.

PEut-estre l'aduenir... Tout-beau coureur, tout-beau,
On n'est pas quitte ainsi pour vn coup de chappeau,
Vous aymez l'entretien de vostre fantaisie,
Mais pour vn Caualier c'est peu de courtoisie,
Et cela messied fort à des hommes de Cour,
De n'accompagner pas leur salut d'vn bon iour.

LISANDRE.

Puis qu'aupres d'vn sujet capable de nous plaire
La presence d'vn tiers n'est iamais necessaire,
De peur qu'il n'en reçeust quelque importunité,
I'ay mieux aymé manquer à la ciuilité.

HYP-

HYPPOLITE.

Voila parer mon coup d'vn gentil artifice,
Comme si ie pouuois.... Que me veux-tu Florice?
Dy luy que ie m'en vay. Messieurs pardonnez-moy, — Florice sort & parle à l'oreille d'Hyppolite.
On me vient d'apporter vne fascheuse loy,
Inciuile à mon tour, il faut que ie vous quitte,
Vne mere m'appelle.

DORIMANT.

Adieu belle Hyppolite,
Adieu, souuenez-vous.

HYPPOLITE.

Mais vous, n'y songez plus.

SCENE TROISIESME.

LISANDRE, DORIMANT.

LISANDRE.

*Q*Voy Dorimant, ce mot t'a rendu tout confus!*

DORIMANT.

Ce mot à mes desirs laisse peu d'esperance.

LISANDRE.

Tu ne la vois encore qu'auec indifference?

DORIMANT.

Comme toy Celidée.

LISANDRE.

Elle eut donc chez Daphnis
Hier dans son entretien des charmes infinis?
Ie te l'auois bien dit que ton ame à sa veuë
Demeureroit ou prise, ou puissamment esmeuë,

Mais tu n'as pas si tost oublié la beauté,
Qui fit naistre au Palais ta curiosité?
Du moins ces deux sujets balancent ton courage?

DORIMANT.

Sçais tu bien que c'est là iustement mon visage,
Celuy que i'auois veu le matin au Palais?

LISANDRE.

A ce conte

DORIMANT.

I'en tiens, ou l'on n'en tint iamais.

LISANDRE.

C'est parler franchement pour estre sans franchise.

DORIMANT.

C'est rendre vn prompt hommage aux yeux qui me l'ont prise.

LISANDRE.

Puisque tu les cognois, ce n'est que demy-mal.

DORIMANT.

Leur coup, pour les cognoistre, en est-il moins fatal?

LISANDRE.

Non pas, mais tu n'as plus l'eſprit à la torture
De voir tes vœux forcez d'aller à l'auanture,
Et cette belle humeur de l'obiet qui t'a pris.....

DORIMANT.

Souz vn accueil riant cache vn ſubtil meſpris,
Ha! que tu ne ſçais pas de quel air on me traitte.

LISANDRE.

Ie t'en auois iugé l'ame fort ſatisfaite,
Et vous voyant tous deux ſi gais à mon abord,
Ie vous croyois du moins preſts à tomber d'accord.

DORIMANT.

Cette belle, de vray, quoy que toute de glace,
Meſle dans ſes froideurs ie ne ſçay quelle grace,
Par où tout de nouueau ie me laiſſe gaigner,
Et conſens, peu s'en faut, à me voir deſdaigner:
Loing de s'en affoiblir mon amour s'en augmente,
Ie demeure charmé de ce qui me tourmente,
Ie pourrois de tout autre eſtre le poſſeſſeur,
Que ſa poſſeßion auroit moins de douceur,
Ie ne ſuis plus à moy quand ie vois Hyppolite,
Reiettant ma loüange aduoüer ſon merite,

Negliger mon ardeur ensemble, & l'approuuer,
Me remplir tout d'vn temps d'espoir, & m'en priuer
Me refuser son cœur en acceptant mon ame,
Faire estat de mon choix en mesprisant ma flame!
Helas! en voila trop, le moindre de ces traits
A pour me retenir de trop puissants attraits,
Encore trop heureux que sa froideur extréme,
Veut bien que ie la serue, & souffre que ie l'ayme.

LISANDRE.

Son Adieu toutefois te deffend d'y songer,
Et ce commandement t'en deuroit desgager.

DORIMANT.

Qu'vn plus capricieux d'vn tel Adieu s'offence,
Il me donne vn conseil plustost qu'vne deffence,
Et par ce mot d'auis son cœur sans amitié,
Du temps que i'y perdray monstre quelque pitié.

LISANDRE.

Soit defence ou conseil, de rien ne desespere;
Ie te respons desia de l'esprit de sa mere,
Vn qui peut tout sur elle, & fera tout pour moy,
L'aura bien-tost gaignée en faueur de ta foy.
C'est son proche voisin, pere de ma maistresse,
Tu n'as plus que la fille à vaincre par adresse,

Encor ne crois-je pas qu'il en faille beaucoup,
Tu verras sa froideur se perdre tout d'vn coup,
Son humeur se maintient dedans l'indifference,
Tant qu'vne mere donne vne entiere asseurance,
Et cachant par respect son propre mouuement,
Elle ne veut aymer que par commandement.

DORIMANT.

Tu me flattes, amy, d'vne attente friuole.

LISANDRE.

L'effet suiura de prés.

DORIMANT.

Doncques sur ta parole
Mon esprit se resoult à viure plus content.

LISANDRE.

Qu'il s'asseure autant vaut du bon-heur qu'il pretend,
I'y donneray bon ordre. Adieu le temps me presse,
Et ie viens de sortir d'auecque m'a maistresse,
Quelques commissions dont elle m'a chargé,
M'obligent maintenant à prendre ce congé,

DORIMANT seul.

Dieux qu'il est mal-aisé qu'vne ame bienatteinte,
Conçoiue de l'espoir qu'auecques de la crainte!
Ie doibs toute croyance à la foy d'vn amy,
Et n'ose cependant m'y fier qu'à demy.
Hyppolite d'vn mot chasseroit ce caprice,
Est-elle encor enhaut?

FLORICE.

Encor.

DORIMANT.

Adieu Florice,
Nous la verrons demain.

SCENE QVATRIESME.

HYPPOLITE, FLORICE.

IL vient de s'en aller,
Sortez.

HYPPOLITE.

Mais falloit-il ainsi me rappeller
Par des commandemens supposez d'vne mere?
Sans mentir contre toy i'en suis toute en colere,
A peine ay-je attiré mon Lisandre au discours,
Que tu viens par plaisir en arrester le cours,

FLORICE.

Et bien prenez vous-en à mon impatience,
De vous communiquer vn trait de ma science,
Cét aduis important tombé dans mon esprit,
Meritoit qu'aussi-tost Hyppolite l'apprit.
Ie m'en vay de ce pas y disposer Aronte.

HYPPOLITE.

Et que m'en promets tu?

FLO-

FLORICE.

Qu'en fin au bout du conte,
Cette heure d'entretien desrobée à vos feux
Vous mettra pour iamais au comble de vos vœux:
Mais de vostre costé conduisez bien la ruse.

HYPPOLITE.

Il ne faut point par là te preparer d'excuse,
Va, suiuant le succés, ie veux à l'aduenir
Du mal que tu m'as fait, perdre le souuenir.
Celidée, il est vray, ie te suis desloyale,
Tu me crois ton amie, & ie suis ta riuale,
Si ie te puis resoudre à suiure mon conseil,
Ie t'enleue, & me donne vn bon-heur sans pareil.

SCENE CINQVIESME.

HYPPOLITE, CELIDEE.

HYPPOLITE.

Celidée es-tu là?

CELIDEE.

Que me veut Hyppolite,

HYPPOLITE.

Delasser mon esprit une heure en ta visite,
Que i'ay depuis vn iour vn importun amant!
Et que pour mon mal-heur ie plais à Dorimant!

CELIDEE.

Ma sœur, que me dis-tu? Dorimant t'importune,
Quoy? i'enuiois desia ton heureuse fortune,
Et desia dans l'esprit ie sentois de l'ennuy,
D'auoir cognu Lysandre auparauant que luy.

HYPPOLITE.

Ah! ne me raille point, Lysandre qui t'engage
Est le plus accomply des hommes de son aage.

CELIDEE.

Ie te iure, à mes yeux l'autre l'est bien autant,
Mon cœur a de la peine à demeurer constant,
Et pour te descouurir iusqu'au fonds de mon ame,
Ce n'est plus que ma foy qui conserue ma flame,
Lisandre me desplaist de me vouloir du bien,
Pleust à Dieu que son change authorisast le mien,
Où qu'il vsast vers moy de tant de negligence
Que ma legereté se peust nommer vangeance!
Si i'auois vn pretexte à me mescontenter
Tu me verrois bien tost resoudre à le quitter.

HYPPOLITE.

Simple, presumes-tu qu'il deuienne volage,
Tant qu'il verra d'amour sur vn si beau visage?
Ta flame trop visible entretient ses ferueurs,
Et ses feux dureront autant que tes faueurs.

CELIDEE.

A ce conte tu crois que cette ardeur extréme
Ne le brusle pour moy qu'à cause que ie l'aime?

HYPPOLITE.

Que sçay-je? il n'a iamais esprouvé tes rigueurs,
L'Amour en mesme temps sceut embrazer vos cœurs,
Et mesmes i'ose dire aprés beaucoup de monde,
Que sa flame vers toy ne fut que la seconde,
Il se vit accepter auant que de s'offrir,
Il ne vit rien à craindre, & n'eut rien à souffrir,
Il vit sa recompense acquise auant la peine,
Et deuant le combat sa victoire certaine,
Vn homme est bien cruel quand il ne donne pas
Vn cœur qu'on luy demande auecque tant d'appas,
Qu'à ce prix la constance est vne chose aisée!
Et qu'autrefois par là ie me vis abusée!
Alcidor que mes yeux auoient si fort espris
Me quitta cependant dés le moindre mespris:
La force de l'amour paroist dans la souffrance,
Ie le tiens fort douteux s'il a tant d'asseurance,
Qu'on en voit se lascher pour vn peu de longueur!
Et qu'on en voit mourir pour vn peu de rigueur!

CELIDÉE.

Ie cognoy mon Lisandre, & sa flame est trop forte
Pour tomber en soupçon qu'il m'aime de la sorte,
Toutefois vn desdain esprouuera ses feux,
Ainsi de tous costez i'auray ce que ie veux,

Il me rendra constante, ou me fera volage,
S'il m'aime, il me retient, s'il change, il me desgage,
Suiuant ce qu'il aura d'amour ou de froideur,
Ie suiuray ma nouuelle ou ma premiere ardeur.

HYPPOLITE.

En vain tu t'y resous, ton ame vn peu contrainte
Au trauers de tes yeux luy trahira ta feinte,
L'vn d'eux desdira l'autre, & tousiours vn sousris
Luy fera voir assez combien tu le cheris.

CELIDEE.

Ce n'est qu'vn faux soupçon qui te le persuade,
I'armeray de rigueurs iusqu'à la moindre œillade,
Et regleray si bien toutes mes actions
Qu'il ne pourra iuger de mes intentions.

HYPPOLITE.

Pour le moins aussi-tost que par cette conduitte
Tu feras de son cœur suffisamment instruite,
S'il demeure constant, l'amour & la pitié
Auant que dire Adieu renoüeront l'amitié?

CELIDEE.

Il va bien-tost venir, va-t'en, & sois certaine
De ne voir d'auiourd'huy Lisandre hors de peine.

HYPPOLITE.

Et demain?

CELIDEE.

Ie t'iray conter ses mouuemens,
Et touchant l'aduenir prendre tes sentimens.
O Dieux! si ie pouuois changer sans infamie!

HYPPOLITE.

Adieu, n'espargne en rien ta plus fidelle amie.

CELIDEE seule.

Quel estrange combat! ie meurs de le quitter,
Et mon reste d'amour ne le peut mal-traiter,
De quelque doux espoir que le change me flatte,
Ie redoute les noms de perfide & d'ingratte,
En adorant l'effet i'en hay les qualitez,
Tant mon esprit confus a d'inegalitez:
Mon ame veut, & n'ose, & bien que refroidie,
N'aura trait de mespris, si ie ne l'estudie,
Tout ce que mon Lisandre a de perfections
Vient s'offrir à la foule à mes affections,
Ie vois mieux ce qu'il vaut lors que ie l'abandonne,
Et desia la grandeur de ma perte m'estonne,
Pour regler sur ce point mon esprit balancé,
I'attends ses mouuemens sur mon desdain forcé,

Ma feinte esprouuera si son amour est vraye.
Helas! ses yeux me font vne nouuelle playe,
Prepare-toy mon cœur & laisse à mes discours,
Assez de liberté pour trahir mes amours.

SCENE SIXIESME.

CELIDEE, LISANDRE.

CELIDEE.

Quoy ? i'auray donc de vous encore vne visite !
Vrayment pour auiourd'huy ie m'en estimois quitte.

LISANDRE.

Vne par iour suffit, si tu veux endurer
Qu'autant comme le iour ie la fasse durer.

CELIDEE.

Quelque forte que soit l'ardeur qui nous consomme,
On s'ennuye aisément de voir tousiours vn homme.

LISANDRE.

Au lieu de me donner ces apprehensions,
Appren ce que i'ay fait sur tes commissions.

CELIDEE.

Ie ne vous en chargeay qu'afin de me deffaire
D'un entretien fascheux qui ne me pouuoit plaire.

LISANDRE.

Depuis quand donnez-vous ces qualitez aux miens?

CELIDEE.

C'est depuis que mon cœur n'est plus dans vos liens.

LISANDRE.

Estre donc par gageure, ou par galanterie?

CELIDEE.

Ne vous flattez point tant que ce soit raillerie,
Ce que i'ay dans l'esprit, ie ne le puis celer,
Et ne suis pas d'humeur à rien dissimuler.

LISANDRE.

Quoy? que vous ay-ie fait? d'où prouient ma disgrace?
Quel sujet auez vous de m'estre ainsi de glace?
Ay-ie manqué de soins? ay-ie manqué de feux?
Vous ay-ie desrobé le moindre de mes vœux?

Ay-ie trop peu cherché vostre chere presence?
Ay-ie eu pour d'autres yeux la moindre complaisance?

CELIDEE.

Tout cela n'est qu'autant de propos superflus,
Ie voulus vous aimer & ie ne le veux plus,
Mon feu fut sans raison, ma glace l'est de mesme,
Si l'vn fut excessif, ie rendray l'autre extreme.

LYSANDRE.

Par ces extremitez vous auancez ma mort.

CELIDEE.

Il m'importe fort peu quel sera vostre sort.

LYSANDRE.

Ma chere ame, mon tout, auec quelle iniustice
Pouuez-vous reietter mon fidelle seruice?
Vostre serment iadis me receut pour espoux.

CELIDEE.

I'en pers le souuenir aussi bien que de vous.

LYSANDRE.

Euitez en la honte, & fuyez-en le blasme.

CELIDEE.

Ie les veux accepter pour peines de ma flame.

LYSANDRE.

Vn reproche eternel suit ce trait inconstant.

CELIDEE.

Si vous me voulez plaire il en faut faire autant.

LYSANDRE.

Mon soucy, d'vn seul point obligez mon enuie,
Finissez vos mespris, ou m'arrachez la vie.

CELIDEE.

Et bien soit, d'vn Adieu ie m'en vay les finir,
Ie suis lasse aussi bien de vous entretenir.

LYSANDRE.

Ah redouble plustost ce desdain qui me tue,
Et laisse moy le bien d'expirer à ta veuë,
Que i'adore tes yeux tous cruels qu'ils me sont,
Qu'ils reçoiuent mes vœux pour le mal qu'ils me font,
Inuente à me gesner quelque rigueur nouuelle,
Traite si tu le veux mon ame en criminelle,

Dy que ie ſuis ingrat, appelle moy leger,
Impute à mes amours la honte de changer,
Dedans mon deſeſpoir fais eſclatter ta ioye,
Et tout me ſera doux pourueu que ie te voye.
Tu verras tes meſpris n'eſbranler point ma foy,
Et mes derniers ſouſpirs ne parler que de toy,
Ne crains point de ma part de reproche, ou d'iniure,
Ie ne t'appelleray ny laſche, ny pariure,
Mon feu ſupprimera ces tiltres odieux,
Mes douleurs cederont au pouuoir de tes yeux,
Et mon fidele amour malgré leur viue atteinte
Pour dire ta louange eſtouffera ma plainte.

CEIDEE.

Adieu, quelques encens que tu veuilles m'offrir,
Ie ne me ſçaurois plus reſoudre à les ſouffrir.

SCENE DERNIERE.

LISANDRE.

Celidee, ah tu fuis! tu fuis donc, & tu n'oses
Faire tes yeux tesmoins d'vn trespas que tu causes,
Ton esprit insensible à mes feux innocens
Craint de ne l'estre pas aux douleurs que ie sens,
Tu crains que la pitié qui se glisse en ton ame
N'y reiette vn rayon de ta premiere flame,
Le courage te manque, & ton auersion
Redoute les assauts de la compassion
Rien ne t'en deffend plus qu'vne soudaine absence,
Mon aspect te dit trop qu'elle est mon innocence,
Et contre ton dessein te donne vn souuenir
Contre qui ta froideur ne sçauroit plus tenir:
Dans la confusion qui desia te surmonte,
Augmentant mon amour ie redouble ta honte,
Vn mouuement forcé t'arrache vn repentir
Où ton cruel orgueil ne sçauroit consentir.

Tu vois qu'vn desespoir dessus mon front exprime
En mille traits de feu mon ardeur & ton crime,
Mon visage t'accuse, & tu vois dans mes yeux
Vn portrait que mon cœur conserue beaucoup mieux.
Tous mes soins, tu le sçais, furent pour Celidée,
La nuict ne m'a iamais retracé d'autre idée,
Et tout ce que Paris a d'obiects rauissants
N'a iamais esbranlé le moindre de mes sens,
Ton exemple à changer en vain me solicite,
Dans ta volage humeur i'adore ton merite,
Et mon amour plus fort que mes ressentimens
Conserue sa vigueur au milieu des tourmens.
Reuien mon cher soucy, puis qu'apres ta deffence
Mes feux sont criminels, & tiennent lieu d'offense,
Voy comme ie persiste à te desobeyr,
Et par là si tu peux prens droict de me hayr.
Fol, ie presume ainsi r'appeller l'inhumaine
Qui ne veut pas auoir de raisons à sa haine,
Puis qu'elle a sur mon cœur vn pouuoir absolu
Il luy suffit de dire, ainsi ie l'ay voulu.
Cruelle, tu le veux! c'est donc ainsi qu'on traite
Les sinceres ardeurs d'vne amour si parfaite!
Tu me veux donc trahir! tu le veux! & ta foy
N'est qu'vn gage friuole à qui vit sous ta loy,
Mais ie veux l'endurer sans bruit, sans resistance,
Tu verras ma langueur, & non mon inconstance,

Et de peur de t'oſter vn captif par ma mort
I'attendray ce bon-heur de mon funeſte ſort,
Iuſques-là mes douleurs publiant ta victoire,
Sur mon front paliſſant eſleueront ta gloire,
Et ie mettray la mienne à dire ſans ceſſer,
Que ſans me refroidir tu m'auras peu chaſſer.

FIN DV SECOND ACTE.

ACTE III.

SCENE PREMIERE.

LYSANDRE, ARONTE.

LYSANDRE.

TV me donnes, Aronte, vn estrange remede.

ARONTE.

Souuerain toutefois au mal qui vous possede,
Croyez moy, i'en ay veu des succés merueilleux
A remettre au deuoir ces esprits orgueilleux,
Depuis qu'on leur fait prendre vn peu de ialousie
Ils ont bien tost quitté ces traits de fantaisie,
Car enfin apres tout ces rudes traitemens
Ne sont pas à dessein de perdre leurs amants.

LYSANDRE.

Que voudroit donc par là mon ingrate maistresse?

ARONTE.

Elle vous ioue vn tour de la plus haute adresse.
Auez-vous bien pris garde au temps de ses mespris?
Tant qu'elle vous a creu legerement espris,
Que vostre chaisne encor n'estoit pas assez forte,
Vous a-t'elle iamais gouuerné de la sorte?
Vous ignoriez alors l'vsage des souspirs,
Ce n'estoit rien qu'appas, que douceurs, que plaisirs.
Son esprit aduisé vouloit par ceste ruse
Establir vn pouuoir dont maintenant elle vse,
Cognoissez son humeur, elle fait vanité
De voir dans ses dedains vostre fidelité,
Vostre extreme souffrance à ces rigueurs l'inuite,
On voit par là vos feux, par vos feux son merite,
Et cette fermeté de vos affections
Monstre vn effet puissant de ses perfections,
Osez-vous esperer qu'elle soit plus humaine,
Puis que sa gloire augmente augmentant vostre peine?
Rabatez cet orgueil, faites-luy soupçonner
Que vous seriez en fin homme à l'abandonner,
La crainte de vous perdre, & de se voir changee,
A viure comme il faut l'aura bien tost rangee,
Elle en craindra la honte, & ne souffrira pas
Que ce change s'impute à son manque d'appas,
Il est de son honneur d'empescher qu'on presume

Qu'on

Qu'on esteigne aisément les flames qu'elle allume,
Feignez d'aimer quelque autre, & vous verrez alors
Combien à vous r'auoir elle fera d'efforts.

LYSANDRE.

Mais me iugerois-tu capable d'vne feinte?

ARONTE.

Mais reculeriez-vous pour vn peu de contrainte?

LYSANDRE.

Je trouue ses mespris plus doux à supporter.

ARONTE.

Pour les faire finir, il faut les imiter.

LYSANDRE.

Faut-il estre inconstant pour la rendre fidelle?

ARONTE.

Il le faut, ou souffrir vne peine eternelle.

LYSANDRE.

Que de raisons, Aronte, à combatre mon cœur,
Qui ne peut adorer que son premier vainqueur.

Ie m'y rends, mais auant que l'effet en esclate,
Fais vn effort pour moy, va trouuer mon ingrate,
Mets-luy deuant les yeux mes seruices passez,
Mes feux si bien receus, si mal recompensez,
L'excés de mes tourments, & de ses iniustices,
Employe à la gaigner tes meilleurs artifices,
Que n'obtiendras-tu point par ta dexterité
Puis que tu viens à bout de ma fidelité?

ARONTE.

Mais mon possible fait, si cela ne succede?

LYSANDRE.

Ie feindray dés demain qu'Aminte me possede.

ARONTE.

Aminte! Ah commencez la feinte dés demain,
Mais n'allez point courir au faulx bourg S. Germain,
Et quand penseriez-vous que cette ame cruelle
Dans le fond du marais en receust la nouuelle?
Vous seriez tout vn siecle à luy vouloir du bien,
Sans que vostre maistresse en apprist iamais rien,
Puisque vous voulez feindre, il faut feindre à sa veue,
Afin que vostre feinte aussi tost apperceue
Produise vn prompt effet dans son esprit ialoux,
Et pour en adresser plus seurement les coups,

Quãd vous verrez quelque autre en diſcours auec elle,
Feignez en ſa preſence vne flame nouuelle.

LYSANDRE.

Hippolite en ce cas ſeroit fort à propos,
Mais ie crains qu'vn amy n'en perdiſt le repos,
Dorimant dont ſes yeux ont charmé le courage
Autant que Celidée en auroit de l'ombrage.

ARONTE.

Vous verrez ſi ſoudain r'allumer ſon amour
Que la feinte n'eſt pas pour durer plus d'vn iour,
Et vous aurez apres vn ſuiet de riſée
Des ſoupçons mal fondez de ſon ame abuſée.

LYSANDRE.

Va trouuer ma maiſtreſſe & puis nous reſoudrons
En ces extremitez quel aduis nous prendrons.

ARONTE ſeul.

Sans que pour l'appaiſer ie me rompe la teſte
Mon meſſage eſt tout fait, & ſa reſponſe preſte,
Bien loing que mon diſcours peuſt la perſuader,
Elle n'aura iamais voulu me regarder,
Vne prompte retraite au ſeul nom de Lyſandre,
C'eſt par où ſes dedains ſe ſeront fait entendre.

Mes amours du passé ne m'ont que trop appris
Auecquelles couleurs il faut peindre vn mespris,
A peine faisoit-on semblant de me cognoistre,
De sorte

SCENE SECONDE.

FLORICE, ARONTE.

FLORICE.

ARonte, & bien, qu'as-tu fait vers ton maistre?
S'y resoult-il en fin?

ARONTE.

N'en sois plus en soucy.
Dans vne heure au plus tard ie te le rends icy.

FLORICE.

Prest à la caresser?

ARONTE.

Tout prest. Adieu ie tremble
Que de chez Celidée on ne nous voye ensemble.

SCENE TROISIESME.

HIPPOLITE, FLORICE.

HIPPOLITE.

D'Où vient que mon abord l'oblige à te quitter?

FLORICE.

Tant s'en faut qu'il vous fuye, il vient de me conter.
Toutefois, ie ne sçay si ie vous le doibs dire.

HIPPOLITE.

Que tu te plais, Florice, à me mettre en martyre!

FLORICE.

Il faut vous preparer à des contentemens.

HIPPOLITE.

Ta longueur m'y prepare auec bien des tourmens.
Despesche, ces discours font mourir Hippolite.

FLORICE.

Mourez donc promptement que ie vous ressuscite.

HIPPOLITE.

L'insupportable femme en fin diras-tu rien?

FLORICE.

L'impatiente fille! en fin tout ira bien.

HIPPOLITE.

En fin tout ira bien, ne sçauray-ie autre chose?

FLORICE.

Il faut que vostre esprit là dessus se repose,
Vous ne pouuiez tantost souffrir de longs propos
Et pour vous obliger i'ay tout dit en trois mots,
Mais ce que maintenant vous n'en pouuez apprendre,
Vous l'apprendrez bien tost plus au long de Lysandre.

HIPPOLITE.

Tu ne flattes mon cœur que d'vn espoir confus.

FLORICE.

Parles à Celidée, & ne m'informes plus.

SCENE QVATRIESME.

CELIDEE, HIPPOLITE, FLORICE.

CELIDEE.

Mon abord importun rompt vostre cõference,
Tu m'en voudras du mal.

HIPPOLITE.

Du mal? & l'apparence!
Tu peux bien auec nous, ie t'en iure ma foy,
Nos entretiens estoient de Lisandre & de toy.

CELIDEE.

Et pour cette raison, Adieu, ie me retire,
Afin qu'en liberté vous en puissiez tout dire.

HIPPOLITE.

Tu fais bien la discrette en ces occasions,
Mais tu meurs de sçauoir ce que nous en disions.

CELIDEE.

Toy-mesme bien plustost tu meurs de me l'apprendre.
Suiuant donc tes desirs resoluë à l'entendre,
I'éueille en ta faueur ma curiosité.

HIPPOLITE.

Vrayment tu me confonds de ta ciuilité.

CELIDEE.

Voila de tes destours, & comme tu differes
A me dire en quel point vous teniez mes affaires.

HIPPOLITE.

Nous parlions du conseil que ie t'auois donné,
Lysandre, ie m'asseure, en fut bien estonné?

CELIDEE.

Et ie venois aussi pour t'en conter l'issue.
Que ie m'en suis trouuée heureusement deceue!
Ie presumois beaucoup de ses affections,
Mais ie n'attendois pas tant de submissions,
Iamais le desespoir qui saisit son courage
N'en pût tirer vn mot à mon desaduantage,
Il tenoit mes desdains encor trop precieux,
Et ses reproches mesme estoient officieux.

Aussi

Außi ce grand amour a r'allumé ma flame,
Le change n'a plus rien qui chatouille mon ame,
Il n'a plus de douceurs pour mon esprit flottant,
Außi ferme à present qu'il le croit inconstant.

FLORICE.

Quoy que vous ayez veu de sa perseuerance,
N'en prenez pas encor vne entiere asseurance,
L'espoir de vous flechir a peu le premier iour
Masquer ses mouuements de cét excés d'amour,
Qu'apres, pour mespriser celle qui le mesprise,
Toute legereté luy semblera permise.
I'ay veu des amoureux de toutes les façons.

HIPPOLITE.

Cette bigearre humeur n'est iamais sans soupçons,
L'auantage qu'elle a d'vn peu d'experience
Tient eternellement son ame en deffiance,
Mais ce qu'elle s'en dit ne vaut pas l'escouter.

ÇELIDEE.

Et ie ne suis pas fille à m'en espouuanter,
Ie veux que ma rigueur à tes yeux continue,
Et lors sa fermeté te sera mieux cognue,
Tu ne verras des traits que d'vn amour si fort
Que ta Florice mesme aduouëra qu'elle a tort.

HIPPOLITE.

Ce ſera trop long temps luy paroiſtre cruelle.

CELIDEE.

Tu cognoiſtras par là combien il m'eſt fidelle,
Le Ciel à ce deſſein nous l'enuoye à propos.

HIPPOLITE.

Et quand te reſous-tu de le mettre en repos?

CELIDEE.

Trouue bon ie te prie apres vn peu de feinte
Que mes feux violents s'expliquent ſans contrainte,
Et pour le r'appeler des portes du treſpas
S'il m'eſchappe vn baiſer ne t'en offence pas.

SCENE CINQVIESME.

LISANDRE, CELIDEE, HIPPOLITE, FLORICE.

LYSANDRE.

MErueille des beautez, seul obiet qui m'engage,

CELIDEE.

N'oublierez vous iamais cet importun langage?
Vous obstiner encor à me persequuter
C'est prendre du plaisir à vous voir mal-traiter,
Perdez mon souuenir auec vostre esperance,
Et ne m'accablez plus de vostre impertinence,
Pour me plaire il faut bien des entretiens meilleurs.

LYSANDRE.

Quoy? vous prenez pour vous ce que i'adresse ailleurs?
Adore qui voudra vostre rare merite,
Vn change heureux me donne à la belle Hippolite

Mon ſort en cela ſeul a voulu me trahir,
Qu'en ce change mon cœur ſemble vous obeir,
Et que mon feu paßé vous va rendre ſi vaine
Que vous imputerez ma flame à voſtre haine,
A voſtre orgueil nouueau mes nouueaux mouuements,
L'effet de ma raiſon à vos commandements.

CELIDEE.

Tant s'en faut que ie prenne vne ſi triſte gloire,
Ie chaſſe mes deſdains meſme de ma memoire,
Et dans leur ſouuenir rien ne me ſemble doux,
Puiſque le conſeruant ie ſongerois à vous.

LISANDRE à Hippolite.

Beauté de qui les yeux nouueaux Rois de mon ame
Me font eſtre leger ſans en craindre le blaſme...

HIPPOLITE.

Ne vous emportez point à ces propos perdus,
Et ceſſez de m'offrir des vœux qui luy ſont deus,
Je penſe mieux valoir que le refus d'vn autre;
Si vous voulez vanger ſon meſpris par le voſtre,
Ne venez point du moins m'enrichir de ſon bien,
Elle vous traite mal, mais elle n'aime rien,
Vous, faites-en autant ſans chercher de retraite
Aux importunitez dont elle s'eſt deffaite.

LYSANDRE.

Que son exemple encor reglast mes actions!
Cela fut bon du temps de mes affections.
A present que mon cœur adore vne autre Reine,
A present qu'Hippolite en est la souueraine...

HIPPOLITE.

C'est elle seulement que vous voulez flatter.

LYSANDRE.

C'est elle seulement que ie doibs imiter.

HIPPOLITE.

Sçauez vous donc à quoy la raison vous oblige?
C'est à me negliger comme ie vous neglige.

LYSANDRE.

Ie ne puis imiter ce mespris de mes feux
Si comme ie vous fais vous ne m'offrez des vœux,
Donnez m'en les moyens vous en verrez l'issuë.

HIPPOLITE.

Ie craindrois en ce cas d'estre trop bien receuë,
Et qu'au lieu du plaisir de me voir imiter

Vous rencontrant d'humeur facile à m'escouter,
Ie n'eusse que la honte apres de me desdire.

LYSANDRE.

Vous deuez donc souffrir que dessous vostre empire
Mon feu soit sans exemple, & que mes passions
S'esgalent seulement à vos perfections,
Ie vaincray vos rigueurs par mon humble seruice,
Et ma fidelité...

CELIDEE.

Viens auec moy Florice,
I'ay des nippes en haut que ie te veux monstrer.

SCENE SIXIESME.

HIPPOLITE, LISANDRE, ARONTE.

HIPPOLITE.

Quoy sans la retenir vous la laissez r'entrer!
Allez, Lisandre, allez, c'est assez de contraintes,
I'ay pitié du tourment que vous donnent ces feintes,

Suiuez ce bel obiet dont les charmes puissants
Sont & seront tousiours absolus sur nos sens,
Quoy qu'vn peu de despit deuant elle publie
Son merite est trop grand pour souffrir qu'on l'oublie,
Elle a des qualitez & de corps & d'esprit
Dont pas vn cœur donné iamais ne se reprit.

LYSANDRE.

Mon change fera voir l'auantage des vostres,
Qu'en la comparaison des vnes & des autres
Les siennes desormais n'ont qu'vn esclat terny,
Que son merite est grand, & le vostre infiny.

HIPPOLITE.

Que i'emporte sur elle aucune preference!
Vous tenez des discours qui sont hors d'aparence,
Elle me passe en tout, & dans ce changement
Chacun vous blasmeroit de peu de iugement.

LYSANDRE.

M'en blasmer en ce cas c'est en manquer soy mesme.
C'est choquer la raison qui veut que ie vous aime;
Nous sommes hors du temps de cette vieille erreur
Qui faisoit de l'amour vne aueugle fureur,
Et l'ayant aueuglé luy donnoit pour conduite
Le mouuement d'vne ame & surprise, & seduite,

Ceux qui l'ont peint sans yeux ne le cognoissoient pas,
C'est par les yeux qu'il entre, & nous dit vos appas,
Lors nostre esprit en iuge, & suiuant le merite
Il fait naistre vne ardeur ou puissante ou petite.
Moy, si mon feu vers vous se relasche vn moment
C'est lors que ie croiray manquer de iugement,
Car puisque aupres de vous il n'est rien d'admirable,
Ma flame comme vous doit estre incomparable.

HIPPOLITE.

Espargnez auec moy ces propos affettez,
Encor hier Celidée auoit ces qualitez,
Encor hier en merite elle estoit sans pareille,
Si ie suis auiourd'huy cette vnique merueille,
Demain quelque autre obiet dont vous suiurez la loy
Gaignera vostre cœur, & ce tiltre sur moy.
Vn esprit inconstant quelque part qu'il s'adresse.

SCENE

SCENE SEPTIESME.

CRYSANTE, PLEIRANTE, HIPPOLITE, LYSANDRE.

CRYSANTE.

Monsieur, i'aime ma fille auec trop de tendresse
Pour la vouloir contraindre en ses affections.

PLEIRANTE.

Madame, vous sçaurez ses inclinations.
La voila qui s'en doute, & s'en met à sousrire.
Allons mon Caualier, i'ay deux mots à vous dire. Il emmene Lysandre auec luy.

CRYSANTE.

Vous en aurez response auant qu'il soit trois iours.

SCENE HVICTIESME.

CRYSANTE, HIPPOLITE.

CRYSANTE.

DEuinerois-tu bien quels eſtoient nos diſcours?

HIPPOLITE.

Il vous parloit d'amour, peut-eſtre?

CRYSANTE.

Ouy, que t'en ſemble?

HIPPOLITE.

D'aage preſque pareils vous feriez bien enſemble.

CRYSANTE.

Tu me donnes vrayment vn gracieux deſtour,
C'eſtoit pour ton ſuiet qu'il me parloit d'amour

HIPPOLITE.

Pour moy? ces iours passez vn Poëte qui m'adore
(Au moins à ce qu'il dit) m'esgaloit à l'Aurore,
Mais si cela se fait, dans sa comparaison,
Preuoyant cét Hymen, il auoit bien raison.

CRYSANTE.

Auec tout ce babil tu n'es qu'vne estourdie,
Le bon homme est bien loin de cette maladie,
Il veut te marier, mais c'est à Dorimant,
Voy si tu te resous d'accepter cét amant.

HIPPOLITE.

Dessus tous mes desirs vous estes absoluë,
Et si vous le voulez m'y voila resoluë;
Dorimant vaut beaucoup, ie vous le dis sans fard,
Mais remarquez vn peu le traict de ce vieillard.
Lysandre si longtemps a bruslé pour sa fille
Qu'il en faisoit desia l'appuy de sa famille,
A present que ses feux ne sont plus que pour moy,
Il voudroit bien qu'vn autre eust engagé ma foy,
Afin que sans espoir dans cette amour nouuelle
Il fust comme forcé de retourner vers elle.
N'auez vous point pris garde, en vous disant Adieu,
Qu'il a presque arraché Lysandre de ce lieu?

CRYSANTE.

Simple, ce qu'il en fait n'est rien qu'à sa priere,
Et Lysandre tient mesme à faueur singuliere
Cette peine qu'il prend pour vn de ses amis.

HIPPOLITE.

Mais voyez cependant que le Ciel a permis
Que pour mieux vous monstrer que tout n'est qu'artifice,
Lysandre me faisoit ses offres de seruice.

CRYSANTE.

Aucun des deux n'est homme à se ioüer de nous,
Quelque secret mystere est caché là dessous,
Allons pour en tirer la verité plus claire
Seules dedans ma chambre examiner l'affaire,
Icy quelque importun nous pourroit aborder.

SCENE NEVFIESME.

HIPPOLITE, FLORICE.

HIPPOLITE.

I'Auray bien de la peine à la persuader.
Ha Florice, en quel point laisses-tu Celidée?

FLORICE.

De honte, & de despit tout à fait possedée.

HIPPOLITE.

Que t'a-elle monstré?

FLORICE.

Cent choses à la fois,
Selon que le hazard les mettoit sous ses doibts.
Ce n'estoit qu'vn pretexte à faire sa retraite.

HIPPOLITE.

Elle t'a tesmoigné d'estre fort satisfaite?

FLORICE.

Sans que ie vous amuse en discours superflus
Voyez sa contenance, & iugez du surplus.

HIPPOLITE.

Ses pleurs ne se sçauroient empescher de descendre,
Et i'en aurois pitié si ie n'aimois Lysandre.

SCENE DIXIESME.

CELIDEE.

INfidelles tesmoins d'vn feu mal allumé,
Soyez-le de ma honte, & vous fondant en
larmes,
Punissez vous mes yeux d'auoir trop pre-
sumé
Du pouuoir de vos charmes.
Sur vostre faux rapport osant trop me flatter,
Ie vantois sa constance, & l'ingrat qui me trompe
Ne se feignit constant qu'afin de m'affronter
Auecques plus de pompe.

Quand ie le veux chasser il est parfait amant,
Quand i'en veux estre aimée, il n'en fait plus de conte,
Et n'ayant peu le perdre auec contentement
Ie le perds auec honte.
Ce que i'eus lors de ioye augmente mon regret,
Par là mon desespoir dauantage se picque,
Quand ie le creus constant mon plaisir fut secret,
Et ma honte est publique.
Ce traistre voyoit bien qu'alors me negliger
C'estoit à Dorimant abandonner mon ame,
Et voulut par sa feinte auant que me changer
Amortir ceste flame.
Autant que i'eus de peine à l'esteindre en naissant,
Autant m'en faudra-t'il à la faire renaistre,
De peur qu'à cet amour d'estre encor impuissant
Il n'ose plus paroistre.
Outre que de mon cœur pleinement exilé,
Et n'y conseruant plus aucune intelligence,
Il est trop glorieux pour n'estre r'appellé
Qu'à seruir ma vengeance.
Mais i'apperçoy celuy qui le porte en ses yeux.
Courage donc mon cœur, esperons vn peu mieux,
Ie sens bien que desia deuers luy tu t'enuoles,
Mais pour t'accompagner ie n'ay point de paroles,
Ma honte & ma douleur surmontant mes desirs
N'en laissent le passage ouuert qu'à mes souspirs.

SCENE VNZIESME.

DORIMANT, CELIDEE, CLEANTE.

DORIMANT.

DAns ce profond penser, pasle, triste, abbatuë,
Ou quelque grand mal-heur de Lysandre vous tue,
Ou bien tost vos douleurs le mettront au cercueil.

CELIDEE.

Lysandre est en effet la cause de mon deuil,
Non pas en la façon qu'vn amy s'imagine,
Mais...

DORIMANT.

Vous n'acheuez point, faut-il que ie deuine?

CELIDEE.

Excusez-moy, Monsieur, si ma confusion
M'estouffe la parole en cette occasion,

I'ay

I'ay d'incroyables traits de Lysandre à vous dire,
Mais ce reste du iour souffrez que ie respire,
Et m'obligez demain que ie vous puisse voir.

DORIMANT.

De sorte qu'à present on n'en peut rien sçauoir?
Dieux! elle se desrobe, & me laisse en vn doute...
Poursuiuons toutefois nostre premiere route,
Peut-estre ces beaux yeux dont l'esclat me surprit,
De ce fascheux soupçon purgeront mon esprit.
Frappe.

Cleante frappe à la porte d'Hippolite.

SCENE DERNIERE.

DORIMANT, FLORICE.

FLORICE.

QVE vous plaist il?

DORIMANT.

Peut-on voir Hippolite?

FLORICE.

Elle vient de ſortir pour faire vne viſite.

DORIMANT.

Ainſi tout auiourd'huy mes pas ont eſté vains.
Florice, à ce defaut fay-luy mes baiſe-mains.

FLORICE seule.

Ce ſont des compliments dont elle a bien affaire!
Depuis que ce Lyſandre a taſché de luy plaire,
Elle ne veut plus eſtre au logis que pour luy,
Et tous autres deuoirs luy donnent de l'ennuy.

FIN DV TROISIESME ACTE.

ACTE IV.

SCENE PREMIERE.

HIPPOLITE, ARONTE.

HIPPOLITE.

VEu l'excessif amour qu'il me faisoit paroistre,
Ie me croyois desia maistresse de ton maistre,
Tu m'as fait grand despit de me desabuser.
O Dieux! qu'il est adroit quand il veut desguiser!
Et que pour mettre en iour ces complimens friuoles
Il sçait bien aiuster ses yeux à ses paroles!
Mais ie me promets tant de ta dexterité,
Qu'il tournera bien tost la feinte en verité.

ARONTE.

Ie n'ose l'esperer, sa paßion trop forte
Desia vers son obiet malgré moy le remporte,
Et comme s'il auoit recognu son erreur
Vos yeux luy sont à charge, & sa feinte en horreur.

Mesme il m'a commandé d'aller vers sa cruelle,
Luy iurer que son cœur n'a bruslé que pour elle,
Attaquer son orgueil par des submissions....

HIPPOLITE.

I'entends assez le but de tes commissions.
En fin tu vas tascher d'amollir son courage?

ARONTE.

I'employe aupres de vous le temps de ce message,
Et la feray parler tantost à mon retour
D'vne façon mal propre à donner de l'amour,
Mais apres mon rapport si son ardeur extresme
Le resoult à porter son message luy-mesme,
Ie ne responds de rien, l'amour qu'ils ont tous deux,
Vaincra nostre artifice, & parlera pour eux.

HIPPOLITE.

Sa maistresse esblouye ignore encor ma flame,
Et ne permet qu'à moy de gouuerner son ame,
Si donc il ne les faut qu'empescher de se voir,
Ie te laisse à iuger si i'y sçauray pouruoir.

ARONTE.

Qui pourroit toutefois en destourner Lysandre,
Ce seroit le plus seur.

HIPPOLITE.

N'oses-tu l'entreprendre?

ARONTE.

Donnez moy les moyens de le rendre ialoux,
Et vous verrez apres frapper d'estranges coups.

HIPPOLITE.

L'autre iour Dorimant toucha fort ma riuale,
Iusques là qu'entre eux deux leur ame estoit esgale,
Mais Lysandre depuis endurant sa rigueur
Luy monstra tant d'amour qu'il regaigna son cœur.

ARONTE.

Donc à voir Celidée, & Dorimant ensemble,
Quelque Dieu qui vous aime auiourd'huy les assemble.

HIPPOLITE.

Fay les voir à ton maistre, & ne perds point ce temps,
Puisque de là depend le bon-heur que i'attends.

SCENE SECONDE.

DORIMANT, CELIDEE, ARONTE.

DORIMANT.

ARonte, vn mot, tu fuis, crains-tu que ie te voye

ARONTE.

Non, mais pressé d'aller où mon maistre m'enuoye
I'auois doublé le pas sans vous apperceuoir.

DORIMANT.

D'où viens-tu?

ARONTE.

D'vn logis vers la Croix du Tiroir.

DORIMANT.

C'est donc en ce marais que finit ton voyage?

ARONTE.

Non, ie cours au Palais faire encor vn message.

DORIMANT.

C'en est fort le chemin de passer par icy.

ARONTE.

Souffrez que i'aille oster mon maistre de soucy,
Il meurt d'impatience à force de m'attendre.

DORIMANT.

Et touchant mes amours ne peux tu rien m'apprendre?
As tu veu depuis peu l'obiet que ie cheris?

ARONTE.

Ouy, tantost en passant i'ay rencontré Cloris.

DORIMANT.

Tu cherches des destours, ie parle d'Hyppolite.

CELIDEE.

Et c'est là seulement le discours qu'il euite,
Tu t'enferres, Aronte, & pris au despourueu
En vain tu veux cacher ce que nous auons veu.
Va, ne sois point honteux des crimes de ton maistre,
Pourquoy desaduoüer ce qu'il fait trop paroistre?

Aronte r'entre.

Il la sert à mes yeux, cet infidéle amant,
Et te vient d'enuoyer luy faire vn compliment.

SCENE TROISIESME.

DORIMANT, CELIDEE.

CELIDEE.

APres cette retraite & ce morne silence
Pouuez vous bien encor demeurer en balance?

DORIMANT.

Ie n'en ay que trop veu, mes yeux m'en ont trop dit,
Aronte en me parlant estoit tout interdit,
Et sa confusion portoit sur son visage
Assez, & trop de iour pour lire son message,
Traistre, traistre Lysandre, est-ce là donc le fruit
Qu'en faueur de mes feux ton amitié produit?

CELIDEE.

Cognoissez tout à fait l'humeur de l'infidelle,
Vostre amour seulement la luy fait trouuer belle,

Son

Son obiet tout aimable, & tout parfait qu'il eſt
N'a des charmes pour luy que depuis qu'il vous plaiſt,
Et voſtre affection de la ſienne ſuiuie
Monſtre que c'eſt par là qu'il en a pris enuie,
Qu'il veut moins l'acquerir que vous la deſrober.

DORIMANT.

Voicy dans ce larcin qui le fait ſuccomber,
En ce deſſein commun de ſeruir Hippolite,
Il faut voir ſeul à ſeul qui des deux la merite,
Son ſang me reſpondra de ſon manque de foy,
Et me fera raiſon & pour vous, & pour moy.
Noſtre vieille vnion ne fait qu'aigrir mon ame,
Et mon amitié meurt voyant naiſtre ſa flame.

CELIDEE.

Voulez-vous offencé pour en auoir raiſon
Qu'vn perfide auec vous entre en comparaiſon?
Pouuez-vous preſumer apres ſa tromperie
Qu'il ait dans les combats moins de ſupercherie?
Certes pour le punir c'eſt trop vous negliger,
Et chercher à vous perdre au lieu de vous vanger.

DORIMANT.

Me conſeilleriez-vous que pris à l'aduantage
I'immolaſſe le traiſtre à mon peu de courage?

I'achepterois trop cher la mort du ſuborneur
Si pour auoir ſa vie il m'en couſtoit l'honneur.

CELIDEE.

Ie ne veux pas de vous vne action ſi laſche,
Non, mais à quelque point que la ſienne vous faſche,
Eſcoutez vn peu moins voſtre iuſte courroux,
Vous pouuez vous vanger par des moyens plus doux.
Helas! ſi vous eſtiez de mon intelligence
Que vous auriez bien toſt acheué la vengeance!
Que vous pourriez ſans bruit oſter à l'inconſtant...

DORIMANT.

Quoy? ce qu'il m'a volé?

CELIDEE.

Non, mais du moins autant.

DORIMANT.

La foibleſſe du ſexe en ce point vous conſeille,
Il ſe croit trop vangé quand il rend la pareille,
Mais vous ſuiure au chemin que vous voulez tenir
C'eſt imiter ſon crime au lieu de le punir,
Au lieu de luy rauir vne belle maiſtreſſe,
C'eſt prendre à ſon refus vne beauté qu'il laiſſe,

C'est luy faire plaisir, au lieu de l'affliger,
C'est souffrir vn affront, & non pas se vanger.
I'en perds icy le temps, Adieu, ie me retire,
Mais auant qu'il soit peu si vous entendez dire
Qu'vn coup fatal & iuste ait puny l'imposteur,
Vous pourrez aisément en deuiner l'Autheur.

Lysandre & Aronte sortent, & les voyēt ensemble.

CELIDEE.

De grace encor vn mot. Helas! il m'abandonne
Aux cuisants desplaisirs que ma douleur me donne;
Rentre pauure abusée, & dedans tes malheurs
Si tu ne les retiens cache du moins tes pleurs.

SCENE QVATRIESME.

LYSANDRE, ARONTE.

ARONTE.

ET bien, qu'en dites-vous, & que vous semble d'elle?

LYSANDRE.

Helas: pour mon mal-heur tu n'es que trop fidelle,
N'exerce plus tes soins à me faire endurer,
Mon meilleur en ce cas est de tout ignorer,
Ie serois trop heureux sans le rapport d'Aronte.

ARONTE.

Encor pour Dorimant il en a quelque honte,
Vous voyant il a fuy.

LYSANDRE.

Mais mon ingratte alors
Pour empescher sa fuite a fait tous ses efforts.

Aronte, & tu prenois ses desdains pour des feintes!
Tu croyois que son cœur n'eust point d'autres attein-
tes!
Que son esprit entier se conseruoit à moy,
Et parmy ses douleurs n'oublioit point sa foy!

ARONTE.

A vous dire le vray i'en suis trompé moy-mesme,
Apres deux ans passez dans vn amour extreme,
Que sans occasion elle vint à changer,
Ie me fusse tenu coupable d'y songer.
Mais puisque sans raison la volage vous change,
Faites qu'auec raison vn changement vous vange,
Pour punir comme il faut son infidelité
Vous n'auez qu'à tourner la feinte en verité.

LYSANDRE.

Miserable, est-ce ainsi qu'il faut qu'on me soulage?
Ay-ie trop peu souffert soubs ceste humeur volage?
Et veux-tu desormais que par vn second choix
Ie m'engage à souffrir encor vne autre fois?
Qui t'a dit qu'Hipolite en cette amour nouuelle,
Quand bien ie luy plairois, me seroit plus fidelle?

ARONTE.

Vous en deuez, Monsieur, presumer beaucoup mieux.

LYSANDRE.

Conseiller importun oste toy de mes yeux.

ARONTE.

Son ame...

LYSANDRE.

Oste toy dis-je, & desrobbe ta teste
Aux violents effets que ma colere apreste,
Ma bouillante fureur ne cherche qu'vn obiet,
Aronte s'entre. *Va, tu l'attirerois sur vn sang trop abiet,*
Il faut à mon courroux de plus nobles victimes,
Ie veux qu'vn mesme coup me vange de deux crimes,
Qu'apres les trahisons de ce couple indiscret
L'vn meure de ma main, & l'autre de regret.
Ouy, la mort de l'amant punira la maistresse,
Et mes plaisirs alors naistront de sa tristesse,
Mon cœur à qui mes yeux apprendront ses tourments
Permettra le retour à mes contentements,
Ce visage si beau, si bien pourueu de charmes,
N'en aura plus pour moy s'il n'est couuert de larmes,
Ses douleurs seulement ont droit de me guerir,
Pour me resoudre à viure il faut la voir mourir.
Mais la mort d'vn amant seroit elle bastante
De toucher tant soit peu l'esprit de l'inconstante?
Peut estre que desia resoluë à changer
La deffaire de luy ce seroit l'obliger,

Et dans l'aiſe qu'alors elle en feroit paroiſtre
Seroiſie aſſez vangé par la perte d'vn traiſtre?
Qu'icy le iugement me manquoit au beſoin!
Il faut que ma fureur s'eſpande bien plus loin,
Il faut que ſans eſgard ma rage impitoyable
Confonde l'innocent auecque le coupable,
Que dans mon deſeſpoir ie traite eſgalement
Celidée, Hippolite, Aronte, Dorimant,
Le ſuiet de ma flàme, & tous ceux qui l'ont ſceuë:
L'affront qu'elle a receu de ſa honteuſe iſſuë
Fait vn eſclat trop grand pour s'effacer à moins,
Ie ne puis l'eſtouffer qu'en perdant les teſmoins.
Frenetiques tranſports, auec quelle inſolence
Portez vous mon eſprit à tant de violence?
Allez, vous auez pris trop d'empire ſur moy,
Doibſie eſtre ſans raiſon parce qu'ils ſont ſans foy?
Dorimant, Celidée, amy, chere maiſtreſſe,
Suiuroiſie contre vous la fureur qui me preſſe?
Quoy? vous ayant aimez pourroiſie vous hair?
Mais vous pourroiſie aimer vous voyant me trahir?
Qu'vn rigoureux combat deſchire mon courage!
Ma ialouſie augmente, & renforçant ma rage
Quelques ſanglants deſſeins qu'elle iette en mon cœur,
L'amour, ah! ce mot ſeul me range à la douceur.
Celle que nous aimons iamais ne nous offence,
Vn mouuement ſecret prend touſiours ſa deffence,

L'amant souffre tout d'elle, & dans son changement
Quelque irrité qu'il soit, il est tousiours amant.
Au simple souuenir du bel œil qui me blesse,
Tous mes ressentiments n'ont que de la foiblesse,
Et ie sens malgré moy mon courroux languissant
Ceder aux moindres traits d'vn obiet si puissant.
Toutefois si l'amour contre elle m'intimide,
Reuenez mes fureurs pour punir le perfide,
Arrachez luy mon bien, vne telle beauté
N'est pas le iuste prix d'vne desloyauté.
Souffriroisie à mes yeux que par ses artifices
Il recueillist les fruicts deubs à mes longs seruices?
S'il vous faut espargner le suiet de mes feux
Que ce traistre du moins responde pour tous deux,
Vous me deuez son sang pour expier son crime,
Contre sa lascheté tout vous est legitime,
Et quelques chastiments... Mais, Dieux! que voisie icy?

SCENE

SCENE CINQVIESME.

HYPPOLITE, LYSANDRE.

HYPPOLITE.

Vous auez dans l'esprit quelque pesant soucy,
Ce visage enflammé, ces yeux pleins de colere,
Me sont de vostre peine vne marque assez claire.
Encor qui la sçauroit, on pourroit aduiser
A prendre des moyens propres à l'appaiser.

LYSANDRE.

Ne vous informez point de mon cruel martyre,
Vous le redoubleriez m'obligeant à le dire.

HYPPOLITE.

Vous faites le secret, mais je le veux sçauoir,
Et par là sur vostre ame essayer mon pouuoir.
Hier vous m'en donniez tant que i'estime impossible
Que pour me contenter rien vous soit trop sensible.

N

LYSANDRE.

Vous l'auez souuerain, hormis en ce seul point.

HYPPOLITE.

Je veux l'auoir par tout, ou bien n'en auoir point.
C'est n'aimer qu'à demy qu'aimer auec reserue,
Et ce n'est pas ainsi que ie veux qu'on me serue;
Il faut m'apprendre tout, & lors que ie vous voy,
Estre de belle humeur, ou bien rompre auec moy.

LYSANDRE.

Ne vous obstinez point à vaincre mon silence,
Vous vseriez sur moy de trop de violence,
Souffrez que ie vous laisse, & que seul aujourd'huy
Ie puisse en liberté soupirer mon ennuy.

HYPPOLITE seule.

Est-ce là donc l'estat que tu fais d'Hyppolite?
Aprés des vœux offerts, est-ce ainsi qu'on me quitte?
Qu'Aronte jugeoit bien que ses feintes amours,
Auant qu'il fust long temps interrõproient leur cours!
Dans ce peu de succés des ruses de Florice
I'ay manqué de bonheur, mais non pas de malice.

Et si i'en puis jamais trouuer l'occasion,
I'y mettray bien encor de la diuision;
Si nostre pauure Amant est plein de jalousie,
Ma riuale qui sort n'en est pas moins saisie.

SCENE SIXIESME.

CELIDEE, HIPPOLITE.

CELIDEE.

N'Ay-ie pas tantost veu Lisandre auecque vous?
Il a bien tost quitté des entretiens si doux.

HIPPOLITE.

Helas, qu'y feroit-il? ma sœur, ton Hyppolite!
Traitte cet inconstant de mesme qu'il merite,
Il a beau m'en conter de toutes les façons,
Ie le r'enuoye ailleurs pratiquer ses leçons.

CELIDEE.

L'infidelle à present est fort sur ta loüange?

HIPPOLITE.

Il ne tient pas à luy que ie ne sois vn Ange,
Et quand il vient aprés à parler de ses feux,
Aucune paßion jamais n'approcha d'eux.
Par tous ces vains discours il croit fort qu'il m'oblige;
Mais non la moitié tant qu'alors qu'il te neglige,
C'est par là qu'il me pense acquerir puissamment,
Et moy, qui t'ay tousiours cherie vniquement,
Je te laisse à juger alors si ie l'endure.

CELIDEE.

C'est trop prendre, ma sœur, de part en mon injure,
Laisse-le mépriser celle dont les mépris
Sont cause maintenant que d'autres yeux l'ont pris,
Si Lisandre te plaist, possede le volage,
Mais ne me traite point auec desaduantage,
Et si tu te resous d'accepter mon amant.
Relasche moy du moins le cœur de Dorimant.

HIPPOLITE.

Pourueu que leur vouloir se range sous le nostre,
Ie te donne le choix & de l'vn & de l'autre,
Ou si l'vn ne suffit à ton jeune desir,
Deffay moy de tous deux tu me feras plaisir.

I'estimay fort Lisandre auant que le connoistre,
Mais depuis cet amour que mes yeux ont fait naistre,
Je te repute heureuse aprés l'auoir perdu.
Que son humeur est vaine, & qu'il fait l'entendu!
Mon Dieu qu'il est chargeant auec ses flatteries!
Qu'on est importuné de ses affetteries!
Vrayment si tout le monde estoit fait comme luy,
Ie pense auant deux jours que je mourrois d'ennuy.

CELIDEE.

Qu'en cela du destin l'ordonnance fatale
A pris pour nos malheurs vne route inégale!
L'vn & l'autre me fuit, & je brusle pour eux,
L'vn & l'autre t'adore & tu les fuis toux deux.

HIPPOLITE.

Si nous changions de sort, que nous serions contentes!

CELIDEE.

Outre (helas!) que le Ciel s'oppose à nos attentes,
Lisandre n'a plus rien à r'engager ma foy.

HIPPOLITE.

Mais l'autre tu voudrois...

SCENE SEPTIESME.

PLEIRANTE, HIPPOLITE, CELIDEE.

PLEIRANTE.

NE rompez pas pour moy,
Craignez vous qu'vn amy sçache de vos nouuelles?

HIPPOLITE.

Nous causions de mouchoirs, de rabats, de dentelles,
De mesnages de fille.

PLEIRANTE.

Et parmy ces discours
Vous conferiez ensemble vn peu de vos amours?
Et bien, ce seruiteur, l'aura t'on agreable?

HIPPOLITE.

Vous venez m'attaquer tousiours par quelque fable,

Des hommes comme vous ne sont que des conteurs,
Vrayment c'est bien à moy d'auoir des seruiteurs?

PLEIRANTE.

Parlons, parlons, François, en fin pour cette affaire
Nous en remettrons nous à l'aduis d'vne mere?

HIPPOLITE.

J'obeïray tousiours à son commandement;
Mais de grace, Monsieur, parlez plus clairement,
Je ne puis deuiner ce que vous voulez dire.

PLEIRANTE.

Vn certain Caualier pour vos beaux yeux soupire.

HIPPOLITE.

Vous reuoila déja!

PLEIRANTE.

Ce n'est point fiction,
Que ce que je vous dis de son affection,
J'en fis hier ouuerture à vostre bonne femme,
Qui se r'apporte à vous de receuoir sa flame.

HIPPOLITE.

Et c'est ce que ma mere, afin de m'expliquer,
Ne m'a point fait l'honneur de me communiquer,
Mais pour l'amour de vous ie vay le sçauoir d'elle.

SCENE HVICTIESME.

PLEIRANTE, CELIDEE.

PLEIRANTE.

LA compagne est du moins aussi fine que belle.

CELIDEE.

Elle a bien sceu, de vray, se défaire de vous.

PLEIRANTE.

Et fort habilement se parer de mes coups.

CELIDEE.

Peut-estre innocemment, faute de rien comprendre.

PLEIRANTE.

Mais faute, bien plustost, d'y vouloir rien entendre,
Je suis des plus trompez si Dorimant luy plaist.

CELIDEE.

Y prenez vous, Monsieur, pour luy quelque interest?

PLEIRANTE.

Lisandre m'a prié d'en porter la parole.

CELIDEE.

Lysandre!

PLEIRANTE.

Ouy, ton Lysandre.

CELIDEE.

Et luy-mesme cajolle.

PLEIRANTE.

Quoy? que caiolle-t'il!

CELIDEE.

Hyppolite à mes yeux.

PLEIRANTE.

Folle, il n'aima jamais que toy dessous les Cieux;
Et nous sommes tous prests de choisir la iournée
Qui bien tost de vous deux termine l'Hymenée.
Il se plaint toutefois vn peu de ta froideur,
Mais pour l'amour de moy montre luy plus d'ardeur,
Parle, ma volonté sera t'elle obeye?

CELIDEE.

Helas, qu'on vous abuse aprés m'auoir trahie!
Il vous fait, cet ingrat, parler pour Dorimant
Tandis qu'au mesme objet il s'offre pour amant,
Et trauerse par là tout ce qu'à sa priere
Vostre vaine entremise auance vers la mere,
Cela qu'est-ce, Monsieur, que se jouer de vous

PLEIRANTE.

Qu'il est peu de raison dans ces esprits jaloux!
Et quoy? pour vn amy s'il rend vne visite,
Faut-il s'imaginer qu'il caiole Hyppolite?

CELIDEE.

Je sçay ce que i'ay veu.

PLEIRANTE.

Je sçay ce qu'il m'a dit,
Et ne veux plus du tout souffrir de contredit,
Il le faut espouser, viste; qu'on s'y dispose.

CELIDEE.

Cōmandez moy plustost, Mōsieur, toute autre chose.

PLEIRANTE.

Quelle bigearre humeur! quelle inégalité,
De rejetter vn bien qu'on a tant souhaité!
La belle, voyez vous, qu'on perde ces caprices,
Jl faut pour m'éblouyr de meilleurs artifices,
Quelque nouueau venu vous donne dans les yeux.

Quelque ieune étourdy qui vous flatte vn peu mieux,
Et parce qu'il vous fait quelque feinte caresse
Il faut que nous manquions vous & moy de promesse?
Quittez pour vostre bien ces fantasques refus.

CELIDEE.

Monsieur.

PLEIRANTE.

Quittes les, dis-ie, & ne contestes plus.

SCENE NEVFIESME.

CELIDEE.

FAscheux commandement d'vn incredule pere,
Qu'il me fut doux jadis, & qu'il me desespere!
J'auois auparauant qu'on m'eut manqué de foy,
Le deuoir, & l'amour tout d'vn party chez moy.

Et ma flame d'accord auecque sa puissance
Vnissoit mes desirs à mon obeissance.
Mais, helas! que depuis cette infidelité
Je trouue d'iniustice en son authorité:
Mon esprit s'en reuolte, & ma flame bannie
Fait qu'vn pouuoir si saint m'est vne tyrannie.
Dures extremitez où mon sort est reduit!
On donne mes faueurs à celuy qui les fuit,
Nous auons l'vn pour l'autre vne pareille haine,
Et l'on m'attache à luy d'vne eternelle chaisne.
Mais s'il ne m'aimoit plus, parleroit-il d'amour
A celuy dont ie tiens la lumiere du iour!
Mais s'il m'aimoit encor, verroit il Hyppolite?
Mon coeur en mesme temps se retient, & s'excite,
Je ne sçay quoy me flatte, & ie sens déja bien
Que mon feu ne dépend que de croire le sien.
Tout-beau, ma paßion, c'est déja trop paroistre,
Attends, attends du moins la sienne pour renaistre:
A quelle folle erreur me laissay-je emporter?
Jl fait tout à dessein de me persecuter;
L'ingrat cherche ma peine, & veut par sa malice
Que la rigueur d'vn pere augmente mon supplice.
Rentrons, que son objet presenté par hazard
De mon coeur ébranslé ne reprenne vne part,
C'est bien assez qu'vn pere à souffrir me destine,
Sans que mes yeux encor aident à ma ruine.

SCENE DIXIESME.

LA LINGERE, LE MERCIER.

LA LINGERE.

Ils s'entrepoussét quelque temps vne boëte qui est entre leurs deux boutiques.

I'Enuoyeray tout à bas, puis aprés on verra.
Ardés, vrayment c'est mon, on vous l'endu-
rera,
Vous estes vn bel hõme, & ie dois fort vous craindre.

LE MERCIER.

Tout est sur mõ tapis, qu'auez vous à vous plaindre?

LA LINGERE.

Aussi vostre tapis est tout sur mon battant,
Je ne m'étonne plus dequoy ie gaigne tant.

LE MERCIER

Là, là criez bien haut, faites bien l'étourdie,

Et puis on vous ioüera dedans la Comedie.

LA LINGERE.

Ie voudrois l'auoir veu, que quelqu'vn s'y fut mis,
Pour en auoir raison nous manquerions d'amis!
On ioüe ainsi le monde!

LE MERCIER.

Aprés tout ce langage
Ne me repoussez pas mes boëtes dauantage.
Vostre caquet m'enleue à tous coups mes chalands,
Vous vendez dix rabats contre moy deux galands,
Pour conseruer la paix, quoy que cela me touche,
I'ay tousiours tout souffert sans en ouurir la bouche,
Et vous, vous m'attaquez & sans cause, & sans fin!
Qu'vne femme hargneuse est vn mauuais voisin!
Nous n'apaiserons point cette humeur qui vous picque
Que par vn entredeux mis à vostre boutique,
Alors n'ayant plus rien ensemble à demesler,
Vous n'aurez plus aussi surquoy me quereller.

LA LINGERE.

Iustement.

SCENE VNZIESME.

LA LINGERE, FLORICE, LE MERCIER, LE LIBRAIRE, CLEANTE.

LA LINGERE.

DE tout loing je vous ay recogneuë.

FLORICE.

Vous vous doutez donc bien pourquoy ie suis venuë,
Les auez vous receus ces point-coupez nouueaux?

LA LINGERE.

Ils viennent d'arriuer.

FLORICE.

Voyons donc les plus beaux

LE MERCIER à Cleante qui passe.

Ne vous vendray-ie rien, Monsieur, des bas de soye,
Des gands en broderie, ou quelque petite oye?

CLEANTE au Libraire.

Ces liures que mon maistre auoit fait mettre à part,
Les auez vous encor?

LE LIBRAIRE empacquetant ses liures.

Ha, que vous venez tard!
Encore vn peu, ma foy, ie m'en allois les vendre;
Trois iours sans reuenir! ie m'ennuyois d'attendre.

CLEANTE.

Ie l'auois oublié; le prix?

LE LIBRAIRE à Florice.

Chacun le sçait,
Autant de quarts d'escus, c'est vn marché tout fait.

LA LINGERE à Florice.

Et bien qu'en dites vous?

FLORICE.

J'en suis toute rauie,
Et n'ay rien encor veu de pareil en ma vie.
Que ce point est ensemble & delicat, & fort!
Si ma maistresse veut s'en croire à mon rapport,
Vous aurés son argent; mon Dieu le bel ouurage!
Monstrés m'en cependant quelqu'vn à mon vsage.

LA LINGERE.

Voicy de quoy vous faire vn assez beau collet.

FLORICE.

Ie pense en verité qu'il ne seroit pas laid.
Que me coustera t'il!

LA LINGERE.

Allez, faites moy vendre,
Et pour l'amour de vous je n'en voudray rien prendre:
Mais aduisez alors à me recompenser.

FLORICE.

L'offre n'est pas mauuaise, & vaut bien y penser,
Vous me verrez demain auecque ma Maistresse.

SCENE DOVZIESME

FLORICE, ARONTE.

FLORICE.

ARonte, & bien, quels fruits produira nostre adresse?

ARONTE.

De fort mauuais pour moy; mon maistre au desespoir
Fuit les yeux d'Hyppolite, & ne me veut plus voir.

FLORICE.

Nous sommes donc ainsi bien loing de nostre conte?

ARONTE.

Oüy, mais tout le malheur en tombe sur Aronte.

FLORICE.

Ne te débauche point, je veux faire ta paix.

ARONTE.

Son couroux est trop grand pour s'appaiser jamais.

ELORICE.

S'il vient encor chez nous, ou chez sa Celidée,
Ie te rends aussi tost l'affaire accommodée.

ARONTE.

Si tu fais ce coup là que ton pouuoir est grand!
Vien je te veux donner tout à l'heure vn galand.

SCENE TREIZIESME.

LE MERCIER, ARONTE, FLORICE, LA LINGERE.

LE MERCIER.

Voyez, Monsieur j'en ay des plus beaux de la terre,
En voila de Paris, d'Avignon, d'Angleterre.

ARONTE, aprés auoir regardé vne boëte de galands.

Tous vos rubans n'ont point d'aßez viues couleurs.
Allons, Florice, allons, il en faut voir ailleurs.

LA LINGERE.

Ainsi faute d'auoir de belle marchandise,
Des hommes comme vous perdent leur chalandise.

LE MERCIER.

Vous ne la perdez pas, vous, mais Dieu ſçait commẽt;
Du moins ſi je vends peu, je vends loyalement,
Et je n'attire point auec vne promeſſe
De ſuiuante qui m'aide à tromper ſa maiſtreſſe.

Fin du quatrieſme Acte.

ACTE V.

SCENE PREMIERE.

LYSANDRE.

INdiscrette vangeãce, imprudentes chaleurs
Dont l'impuissance adjouste vn comble à mes malheurs,
Ne me conseillez plus la mort de ce faussaire,
J'aime encor Celidée, & n'ose luy déplaire,
Priuer de la clarté ce qu'elle aime le mieux,
Ce n'est pas le moyen d'agréer à ses yeux:
L'amour en la perdant me retient en balance,
Il produit ma fureur, & rompt sa violence,
Et me laissant trahy, confus, & méprisé,
Ne veut que triompher de mon cœur diuisé.
Amour, cruel autheur de ma longue misere,
Ou permets à la fin d'agir à ma colere,
Ou sans m'embarasser d'inutiles transports,
Auprés de ce bel œil fay tes derniers efforts;

Viens, accompagne moy chez ma belle inhumaine,
Et comme de mon cœur triomphe de sa haine,
Contre toy ma vangeance a mis les armes bas,
Contre ses cruautez rends les mesmes combats,
Exerce ta puissance à flechir la farouche,
Monstre toy dans mes yeux, & parle par ma bouche,
Si tu te sens trop foible, appelle à ton secours
Le souuenir de mille, & de mille heureux jours,
Que ses desirs d'accord auec mon esperance
Ne laissoient à nos vœux aucune difference.
Je pense auoir encor ce qui la sçeut charmer,
Les mesmes qualitez qu'elle voulut aimer,
Peut estre mes douleurs ont changé mon visage,
Mais en reuanche aussi je l'aime d'auantage:
Mon respect s'est accreu vers vn objet si cher,
Ie ne me vange point de peur de la fascher,
Vn infidelle amy tient son ame captiue,
Ie le sçay, je le vois, & je souffre qu'il viue,
Ie tarde trop, allons, ou vaincre ses refus,
Ou me vanger sur moy de ne luy plaire plus,
Et tirons de son cœur, malgré sa flame éteinte,
La pitié par ma mort, ou l'amour par ma pleinte.
Ses rigueurs par ce fer me perceront le sein.

SCENE SECONDE.

DORIMANT, LYSANDRE.

DORIMANT.

ET quoy! pour m'auoir veu vous changez de dessein!
Pensez vous m'éblouyr auec cette visite?
Ne feignez point pour moy d'entrer chez Hyppolite,
Vous ne m'apprendrés rien, ie sçay trop comme quoy
Vn tel amy que vous traitte l'amour pour moy.

LYSANDRE.

Parlez plus franchement, ma rencontre importune
Auprés d'vn autre objet trouble vostre fortune,
Et vous monstrés assés par ces foibles détours,
Qu'vn témoin comme moy déplaist à vos amours,
Vous voulés seul à seul cajoler Celidee,
Nous en aurons bien tost la querelle vuidée,

Ma mort vous donnera chés elle vn libre accés,
Ou ma juste vengeance vn funeste succés.

DORIMANT.

Qu'est-cecy, déloyal? quelle fourbe est la vostre?
Vous m'en disputés vne, afin d'acquerir l'autre:
Apres ce que chacun a veu de vostre feu,
C'est vne lascheté d'en faire vn desaueu.

LYSANDRE.

Je ne me cognois point à combatre d'injures.

DORIMANT.

Aussi veux-ie punir autrement tes pariures,
Le Ciel, le iuste Ciel ennemy des ingrats,
Qui pour ton chastiment a destiné mon bras,
T'aprendra qu'à moy seul Hyppolite est gardée.

LYSANDRE.

Garde ton Hyppolite.

DORIMANT.

Et toy ta Celidée.

LISANDRE.

Voila faire le fin de crainte d'vn combat.

DORIMANT.

Tu m'imputes la crainte, & ton coeur s'en abat!

LISANDRE.

Laißons à part les noms, dißputons la maistresse,
Et pour qui que ce soit montre icy ton adresse.

DORIMANT.

C'est comme ie l'entends.

SCENE TROISIESME.

CELIDEE, LISANDRE, DORIMANT.

CELIDEE.

O Dieux! ils sont aux coups,
Ha! perfide, sur moy décharge ton couroux,
La mort de Dorimant me seroit trop funeste.

DORIMANT.

Lysandre, une autre fois nous vuiderons le reste.

CELIDEE, à Dorimant.

Arreste, mon soucy.

LISANDRE.

Tu recules voleur!

DORIMANT.

Je suis cette importune, & non pas ta valeur.

SCENE QVATRIESME.

LISANDRE, CELIDEE.

LISANDRE.

NE suiuez pas du moins ce perfide à ma veüe,
Auez vous resolu que sa fuite me tüe
Et que m'estāt mocqué de son plus rude effort,
Par sa retraite infame il me donne la mort?
Pour en frapper le coup vous n'auez qu'à le suiure.

CELIDEE.

Ie tiens des gens sans foy si peu dignes de viure,
Qu'on ne verra jamais que je recule vn pas
De crainte de causer vn si juste trespas.

LISANDRE.

Et bien, voyez le donc, ma lame toute preste,
N'attendoit que vos yeux pour immoler ma teste,
Vous lirez dans mon sang à vos pieds respandu
La valeur d'vn amant que vous aurez perdu,
Et sans vous reprocher vn si cruel outrage,
Ma main de vos rigueurs acheuera l'ouurage:
Trop heureux mille fois, si je plais en mourant
A celle à qui j'ay peu déplaire en l'adorant,
Et si ma prompte mort secondant son enuie,
L'asseure du pouuoir qu'elle auoit sur ma vie.

CELIDEE.

Moy, du pouuoir sur vous! vos yeux se sont mépris,
Et quelque illusion qui trouble vos esprits
Vous fait imaginer d'estre auprés d'Hyppolite.
Allez, volage, allez où l'amour vous inuite,
Dedans son entretien recherchez vos plaisirs,
Et ne m'enpeschez plus de suiure mes desirs.

LISANDRE.

C'est auecque raison que ma feinte passée
A jetté cette erreur dedans vostre pensée,
Il est vray, deuant vous, forçant mes sentiments.

I'ay presenté des vœux, j'ay fait des compliments;
Mais c'estoient compliments qui partoient d'vne souche,
Mon cœur que vous teniez desaduoüoit ma bouche:
Pleirante qui rompit ces ennuyeux discours
Sçait bien que mon amour n'en changea point de cours,
Contre vostre froideur vne modeste plainte
Fut tout nostre entretien au sortir de la feinte,
Et je le priay lors...

CELIDEE.

D'user de son pouuoir?
Ce n'estoit pas par là qu'il me falloit auoir,
Les mauuais traitements ne font qu'aigrir les ames.

LISANDRE.

Confus, desesperé du mépris de mes flames,
Sans conseil, sans raison, pareil aux matelots
Qu'vn naufrage abandonne à la mercy des flots,
Je me suis pris à tout, ne sçachant où me prendre.
Ma douleur par mes cris d'abord s'est fait entendre,
J'ay creu que vous seriez d'vn naturel plus doux
Pourueu que vostre esprit deuint vn peu jaloux,
J'ay fait agir pour moy l'authorité d'vn pere,
I'ay fait venir aux mains celuy qu'on prefere,
Et puis que ces efforts n'ont reussi qu'en vain,
J'auray de vous ma grace, ou la mort de ma main

Choisissez, l'vn ou l'autre acheuera mes peines,
Mon sang bruslé desja de sortir de mes veines,
Il faut pour l'arrester me rendre vostre amour,
Sans luy je n'ay plus rien qui me retienne au jour.

CELIDEE.

Volage, falloit-il pour vn peu de rudesse
Vous porter si soudain à changer de maistresse?
Que je vous crois bien d'vn jugement plus meur!
Ne pouuiez vous souffrir de ma mauuaise humeur?
Ne pouuiez vous juger que c'estoit vne feinte,
A dessein déprouuer qu'elle estoit vostre atteinte?
Les Dieux m'en soient témoins, & ce nouueau sujet
Que vos feux inconstants ont choisi pour objet,
Si iamais j'eus pour vous de dédain veritable
Auant que vostre amour parust si peu durable.
Qu'Hyppolite vous die auec quels sentiments
Ie luy fus raconter vos premiers mouuements,
Auec quelles douceurs ie m'étois preparée,
A redonner la joye à vostre ame éplorée.
Dieux! que ie fus surprise, & mes sens éperdus,
Quand ie vy vos deuoirs à sa beauté rendus!
Vostre legereté fut soudain imitée,
Non pas que Dorimant m'en eust sollicitée,
Au contraire, il me fuit, & l'ingrat ne veut pas
Que sa franchise cede au peu que i'ay d'apas.
Mais, helas! plus il fuit, plus son portrait s'efface.

Je vous

Je vous sens malgré moy reprendre vostre place,
L'adueu de vostre erreur desarme mon courroux,
Ne redoutez plus rien, l'amour combat pour vous.
Si nous auons failly de feindre l'vn & l'autre,
Pardonnez à ma faute, & i'oublieray la vostre;
Moy-mesme ie l'aduoüe à ma confusion,
Mon imprudence a fait nostre diuision,
Tu ne meritois pas de si rudes alarmes,
Accepte vn repentir accompagné de larmes;
Ce baiser cependant punira ma rigueur,
Et me fermant la bouche il t'ouurira mon coeur.

LISANDRE.

Ma chere ame, mon heur, mon tout, est-il possible
Que ie vous trouue encore à mes desirs sensible?
Que i'aime ces dèdains qui finissent ainsi!

CELIDEE.

Et pour l'amour de toy que ie les aime aussi!

LISANDRE.

Que ce soit toutefois sans qu'il vous prenne en-
uie
De les plus exercer au peril de ma vie.

R

CELIDEE.

J'aime trop desormais ton repos & le mien,
Tous mes soins n'irõt plus qu'à nostre commun bien.
Voudrois-ie apres ma faute vne plus douce amende,
Que l'effet d'vn Hymen, qu'vn pere me commande?
Bons Dieux! qu'il fut fasché, voyant ces iours passez,
Mon ame refroidie, & tous mes sens glacez,
A son authorité se rendre si rebelles!
Mais allons luy porter ces heureuses nouuelles,
Et le tirer d'ennuy, puis que ce bon vieillard
Dans tes contentements prend vne telle part.

LISANDRE.

Vous craignez qu'à vos yeux cette belle Hyppolite
N'ait de moy derechef vn hommage hypocrite.

CELIDEE.

Non, ie fuy Dorimant, qu'ensemble i'apperçoy,
Je ne veux plus le voir puis que ie suis à toy.

SCENE CINQVIESME.

DORIMANT, HYPPOLITE.

DORIMANT,

AVtant que mon esprit adore vos merites,
Autant veux-je de mal à vos longues visites.

HIPPOLITE.

Que vous ont elles fait, pour vous mettre en couroux?

DORIMANT.

Elles m'ostent le bien de vous trouuer chez vous,
J'y fais à tous moments vne course inutile,
J'apprends cent fois le jour que vous estes en ville,
En voicy presque trois que je n'ay peu vous voir
Pour rendre à vos beautez mon tres-humble deuoir,
Et n'étoit qu'aujourd'huy cette heureuse rencontre
Sur le point de rentrer par hazard me les mont...

Je pense que ce jour eust encore passé
Sãs moyen de m'en plaindre aux yeux qui m'õt blessé.

HIPPOLITE.

Ma libre & gaye humeur hait le ton de la plainte,
Je n'en puis écouter qu'auec de la contrainte,
Si vous prenez plaisir dedans mon entretien,
Pour le faire durer ne vous plaignez de rien.

DORIMANT.

Vous me pouuez oster tout sujet de me plaindre.

HIPPOLITE.

Et vous pouuez aussy vous empescher d'en feindre.

DORIMANT.

Est-ce en feindre vn sujet qu'accuser vos rigueurs?

HIPPOLITE.

Pour vous en plaindre à faux, vous feignez des langueurs.

DORIMANT.

Verrois-je sans languir ma flame qu'on neglige?

HIPPOLITE.

Esteignez cette flame, où rien ne vous oblige.

DORIMANT.

Vos charmes trop puissants me forcent à ces feux.

HIPPOLITE.

Oüy, mais rien ne vous force à vous approcher d'eux.

DORIMANT.

Ma presence vous fasche, & vous est odieuse.

HIPPOLITE.

Non pas, mais vostre amour me deuient ennuyeuse.

DORIMANT.

Je voy bien ce que c'est, je lis dans vostre cœur,
Il a receu les traits d'vn plus heureux vainqueur,
Vn autre regardé d'vn œil plus fauorable
A mes submißions vous fait inexorable,
C'est pour luy seulement que vous voulez brusler.

HIPPOLITE.

Il est vray, je ne puis vous le dissimuler,
Il faut que je vous traite auec toute franchise,
Alors que je vous pris vn autre m'auoit prise,
Et captiuoit déja mes inclinations.
Vous deuez presumer de vos perfections,
Que si vous attaquiez vn cœur qui fut à prendre,
Il seroit malaisé qu'il s'en peust bien defendre;
Vous auriez eu le mien, s'il n'eust esté donné;
Mais puis que les destins ainsi l'ont ordonné,
Tant que ma paßion aura quelque esperance
N'attendez rien de moy que de l'indifference.

DORIMANT.

Vous ne m'apprenez point le nom de cet amant.
Sans doute que Lisandre est cet objet charmant
Dont les discours flatteurs vous ont preoccupée.

HIPPOLITE.

Cela ne se dit point à des hommes d'espée:
Vous exposer aux coups d'vn duel hazardeux;
Ce seroit le moyen de vous perdre tous deux;
Je vous veux, si ie puis, conseruer l'vn & l'autre:
Je cheris sa personne, & hay si peu la vostre,

Qu'ayant perdu l'espoir de le voir mon espoux,
Si ma mere y consent, Hyppolite est à vous:
Mais aussi jusques là plaignez vostre infortune.

DORIMANT.

Si faut il pour ce nom que je vous importune.
Ne me refusez point de me le declarer,
Que je sçache en quel temps j'auray droit d'esperer,
Vn mot me suffira pour me tirer de peine,
Et lors j'étoufferay si bien toute ma haine
Que vous me trouuerez vous mesme trop remis.

SCENE SIXIESME.

PLEIRANTE, LYSANDRE, CELIDEE.

DORIMANT, HYPPOLITE.

PLEIRANTE.

SOuffrez, mon Caualier, que je vous face amis,
Vous ne luy voulez pas quereller Celidée?

DORIMANT.

L'affaire à cela prés peut estre decidée,
Voicy le seul objet de nos affections,
Et l'vnique sujet de nos dissentions.

PLEIRANTE.

Dissipe, cher amy, cette jalouse atteinte,
C'est l'objet de tes feux, & celuy de ma feinte,
Mon cœur fut tousjours ferme, & moy je me dédis

Des

Des voeux que de ma bouche elle receut jadis.
Picqué de ses dédains, j'auois pris fantaisie
De jetter en son ame vn peu de jalousie; Il regarde Celidée.
Mais au lieu d'vn esprit, i'en ay fait deux jaloux.

PLEIRANTE.

Vous pouuez desormais acheuer entre vous,
Je vay dans ce logis dire vn mot à Madame.

SCENE SEPTIESME.

DORIMANT, LYSANDRE, CELIDEE, HYPPOLITE.

DORIMANT.

AInsi, loing de m'aider, tu trauersois ma flame!

LISANDRE.

Les efforts que Pleirante à ma priere a faits
T'auroient acquis deja le but de tes souhaits.

Mais tu dois accuser les glaces d'Hyppolite,
Si ton bonheur n'est pas égal à ton merite.

HIPPOLITE.

Qu'auray-ie cependant pour satisfaction,
D'auoir seruy d'objet à vostre fiction?
Dans vostre different ie suis la plus blessée,
Et me trouue à l'accord entierement laissée.

CELIDEE.

N'y songe plus, ma soeur, & pour l'amour de moy
Trouue bon qu'il ait feint de viure sous ta loy,
Veux-tu le quereller lors que ie luy pardonne?
Le droit de l'amitié tout autrement ordonne,
Tous prests d'estre assemblez d'vn lien conjugal,
Tu ne le peux haïr sans me vouloir du mal;
J'ay feint par ton conseil, luy par celuy d'vn autre,
Et bien qu'Amour iamais ne fut égal au nostre,
Je m'étonne comment cette confusion
Laisse finir si tost nostre diuision.

HIPPOLITE.

De sorte qu'à present le Ciel y remedie?

CELIDEE.

Tu vois, mais aprés tout, veux-tu que ie te die?
Ton conseil est fort bon, mais vn peu dangereux.

HIPPOLITE.

Excuse, chere soeur, vn esprit amoureux,
Lysandre me plaisoit, & tout mon artifice
N'alloit qu'à détourner son coeur de ton seruice.
J'ay fait ce que i'ay peu pour broüiller vos esprits,
J'ay, pour me l'attirer, pratiqué tes mépris,
Mais puis qu'ainsi le Ciel rejoint vostre Hymenée.

DORIMANT.

Vostre rigueur vers moy doit estre terminée.
Sans chercher des raisons pour vous persuader,
Vostre amour hors d'espoir fait qu'il me faut ceder.
Vous sçauez trop à quoy la parole vous lie.

HIPPOLITE.

A vous dire le vray, i'ay fait vne folie;
Je les croyois encor loing de se réünir,
Et moy par consequent bien loing de la tenir.

DORIMANT.

Aprés m'auoir promis seriez-vous mensongere?

HIPPOLITE.

Puis que ie l'ay promis, vous pouuez voir ma mere.

LYSANDRE.

Si tu iuges Pleirante à cela suffisant,

Je croy qu'eux deux ensemble en parlent à present.

DORIMANT.

Aprés cette faueur qu'on me vient de promettre,
Ie croy que mes deuoirs ne se peuuent remettre
I'espere tout de luy, mais pour vn bien si doux,
Je ne sçaurois ....

LISANDRE.

Arreste, ils s'auancent vers nous.

SCENE DERNIERE.

PLEIRANTE, CRISANTE, LISANDRE, DORIMANT, HIPPOLITE, CELIDEE, FLORICE.

DORIMANT à Crisante,

MAdame, vn pauure amant captif de cette belle,
Implore le pouuoir que vous auez sur elle,

Tenant ſes volontez vous gouuernez mon ſort,
I'attends de voſtre bouche ou la vie, ou la mort.

CRISANTE à Dorimant.

Vn homme tel que vous, & de voſtre naiſſance,
N'a que faire en ce cas d'implorer ma puiſſance,
Si vous auez gaigné ſes inclinations,
Soyez ſœur du ſuccés de vos affections,
Mais je ne ſuis pas femme à forcer ſon courage,
Ie ſçay ce que la force eſt en vn mariage,
Il me ſouuient encor de tous mes déplaiſirs,
Lors qu'vn premier Hymen contraignit mes deſirs,
Et ſage à mes depens, ie veux bien qu'Hyppolite
Prenne ou laiſſe à ſon choix vn homme de merite.
Ainſi preſumez tout de mon conſentement,
Mais ne pretendez rien de mon commandement.

DORIMANT à Hyppolite.

Ma belle, aprés cela ſerez vous inhumaine?

HIPPOLITE à Criſante.

Madame, vn mot de vous me mettroit hors de peine,
Ce que vous remettez à mon choix d'accorder,
Vous feriez beaucoup mieux de me le commander.

PLEIRANTE à Crisante.

Elle vous montre assez où son desir se porte.

CRISANTE

Puis qu'elle s'y resoult, du reste ne m'importe.

DORIMANT.

Ce fauorable mot me rend le plus heureux
De tout ce que jamais on a veu d'amoureux.

LISANDRE.

Mon aise s'en redouble, & mon cœur qui se pasme
Croit qu'encore vne fois on accepte sa flame.

HIPPOLITE à Lisandre.

Et bien, ferez vous donc quelque chose pour moy?

LYSANDRE.

Tout, hormis ce seul point, de luy manquer de foy.

HIPPOLITE.

Pardonnez donc à ceux qui gaignez par Florice,
Lors que je vous aimois me firent du seruice.

LYSANDRE.

Je vous entends assez, soit, Aronte impuny
Pour ses mauuais conseils ne sera point banny,

Souffre le, mon soucy, puis qu'elle m'en supplie.

CELIDEE.

Il n'est rien que pour elle, & pour toy je n'oublie.

PLEIRANTE.

Attendant que demain ces deux couples d'amants
Soient mis au plus haut point de leurs contentements,
Allons chez moy, Madame, acheuer la journée.

CRISANTE.

Mon cœur est tout rauy de ce double Hymenée.

FLORICE.

Mais afin que la joye en soit égale à tous,
Faites encor celuy de Monsieur & de vous.

CRISANTE.

Outre l'aage en tous deux vn peu trop refroidie,
Cela sentiroit trop sa fin de Comedie.

FIN.

Imprimé en France
FROC031503200122
29683FR00004BB/8